AF308693

LE GRAND TIMOLEON DE CORINTHE

TRAGI-COMEDIE

DEDIE A MONSEIGNEVR LE MARECHAL DE SAINCT LVC.

Par le Sieur de St. GERMAIN.

A PARIS.

chez **TOVSSAINT QVINET**, Au Palais dans la petite Salle, fous la montée de la Cour des Aydes.

M. DC. XXXXII.

AVEC PRIVILEGE DV ROY.

A MESSIRE
TIMOLEON
DESPINOY

Cheualier de deux ordres du Roy, Ma-
reschal de France, & Lieutenant Ge-
neral pour le Roy dans le Gou-
uernement de Guienne, &c.

SONNET

DE mon Timoleon, image veritable;
Protegez (grands Heros) ce vainqueur des Tyräs,
Qu'vne vertu feuere, a fait plus chari-table,
Au bien de fon pays, qu'à l'vn de fes parans.

Si la mort d'vn Tyran, luy parrut équitable!
Cet acte, ce me femble, eut deux fronts differants,
Vne belle maxime, eft toufiours deteftable:
Quand elle porte vn frere a des efforts fi grands.

L'istme qui le vit naistre, eust veu punir sõ crime,
Et n'eust pas mis sa gloire à ce haut point d'estime
Qui par toute la terre estendit son renõn.

Mais le Ciel, luy donna cét illustre aduantage,
Et soubmit à ses pieds, Siracuse, & Cartage,
Ayant preueu qu'vn iour, vous porteriez son nom.

S^T. GERMAIN.

EXTRAIT DV PRIVILEGE
du Roy.

PAR Grace & Priuilege du Roy, donné à Paris le disneufuiéme Auril 1641. signé par le Roy en son Conseil, DEMONCEAVX. Il est permis à TOVSSAINT QVINET Marchand Libraire à Paris, d'imprimer vne piesse de theastre intitulée TIMOLEON, Tragi-Comedie, durant le temps de cinq ans, à compter du iour qu'elle sera acheuée d'imprimer, & deffences à tous autres de contrefaire ledit liure, ny en vendre d'autres que de celles qu'aura fait ou fait faire ledit Quinet, sur les peines portées parlesd ittes Lettres.

Acheué d'imprimer pour la premiere fois le Dernier iour d'Auril 1641.

Les Exemplaires ont esté fournis.

ACTEVRS

TIMOPHANES, Tyran de Corinthe.

TIMOLEON, Frere, de Timophanes.

ESCHILLES, Beaufrere de Timophanes.

ESCHILLISE, Sœur d'Eschilles féme du Tyran.

DEMARETTE, Mere de Timoleon, & du Tyrá.

ORTAGORES, Confident d'Eschilles.

PHILARQVE Ennemy du Tyran & prisonnier.

MELINTE, Femme de Philarque, aimée du Tyrá.

MENANDRE, Pere de Philarque.

LISANDRE, Confident du Tyran.

SOLDAT en troupe.

La Scene est à Corinthe.

TIMOLEON
TRAGICOMEDIE
ACTE I.

TIMOPHANES, ESCHILLES,
ORTAGORES, LISANDRE, DEMARETTE,
ESCHILLISE, MELINTE,

SCENE PREMIERE.

TIMOPHANES, ESCHILLES.
ORTAGORES, LISANDRE.

TIMOPHANES.

Nuincibles guerriers à qui le sang
m'attache,
Et qui seriez noircis d'vne eternelle
tache,
Si vos cœurs ne brusloient de cette noble ardeur,
Qui fait naistre & soustient ma nouuelle grãdeur.

A

Aprenez le desir dont mon ame est attainte,
Ie n'ay pas seulement assujetty Corinthe
Pour estre remarqué le premier de ses Rois;
I'espere de ranger la Grece sous mes loix,
Corinthe pour ma gloire est vn champ infertille
Mon Sceptre doit pretendre à plus que d'vne ville,
Si mon ame a caché ses projects importans
Il estoit necessaire, elle attendoit son temps,
A present elle s'ouure à Corinthe affligée
Songeant au mauuais sang dont ie l'ay deschargée,
Doit pleurer de regret d'en auoir souspiré,
Le bon qu'elle a de reste en est plus espuré.
Il faudra qu'elle admire en essuyant ses larmes
Son bon-heur dans sa perte & sa gloire en mes ar-
    mes.
Nous n'auons en ce point, vous, qu'à me seconder,
Elle, qu'à m'obeïr, & moy qu'à commander.
Ie ne vous flatte plus d'vne vaine esperance
Le passé du present n'auoit pas l'apparance;
Ie cachois mes desseins pour les mieux asseurer,
Les ayant asseurez ie les puis declarer.
Ceux que i'attaqueray soit par mer ou par terre,
Apprendront comme quoy ie sçay faire la guerre.
Ie m'assujettiray par ruze ou par effort,
L'imprudent & le sage, & le foible & le fort,
Mon esprit profitant de nos guerres passées
S'est instruit des leçons qu'elles nous ont laissées;

Dans l'illuſtre projeƈ que ie forme auiourd'huy,
Ie ſçauray me ſeruir des exemples d'autruy.
Mille fameux Lauriers ombrageront nos teſtes,
Et l'vniuers remply du bruit de mes conqueſtes,
S'eſtonnera de voir que tous mes ennemis
Pluſtoſt que menacez ſe trouueront ſoubmis.
Mon fiere dont l'on ſçait l'eſtrange frenaiſie,
Perdant alors l'erreur dont ſon ame eſt ſaiſie,
Dira de mes hauts faiƈts iuſtement eſtonné,
Que l'on doit m'adorer de m'eſtre Couronné.

ESCHILLES.

Pluſtoſt tes cruautez deuroient eſtre punies.
Le ciel nous doit combler de faueurs infinies,
Corinthe en receura de ſolides plaiſirs :
Mais monſtrez-luy l'effeƈt de vos iuſtes deſirs.
Vous la pouuez tirer d'vne extreme tristeſſe,
Et ſur le front des ſiens imprimer l'alegreſſe ;
Elle goutera bien vos premieres douceurs
Pour regner ſur les corps il faut gaigner les cœurs.
Puiſque voſtre puiſſance eſt aſſez affermie,
Ne traitez plus Corinthe en ſuiette ennemie.
Elle n'a plus de bras qui ne vous ſoient ſoubmis,
Vous n'y contés qu'vn homme entre vos ennemis.
Il ne tiendra qu'à vous qu'il ne perde la teſte,
Il voit dedans vos mains la foudre toute preſte.

Dit ce
vers tout
bas.

De ceste crainte seule il est assez puny
Ie me croirois comblé d'vn bon heur infiny,
Luy d'vne gloire esgalle à sa recognoissance,
Pouruceu que relaschant vostre iuste puißance
Il obtienne vn pardon, qui vous l'obligera,
Que Corinthe souhaitte & qui nous rauira.
Quand i'ay voulu parler d'vne affaire si haute
I'ay mis en contrepoids sa vaillarce & sa faute,
Ie sçay que vostre grace engageant sa valeur,
Le peut rendre fidelle en l'ostant du malheur.

TIMOPHANES.

Eschilles parlez mieux d'vne affaire si haute
I'ay mis en contre poids sa vaillance & sa faute,
Comparant son audace auec que sa valeur
Ie craindrois de me perdre en l'ostant du malheur.
Ne vous opposez plus à ma derniere enuie,
Ie regne & i'ay dessein de conseruer ma vie;
Pour donner à mon Throsne vn ferme fondement
Ie sçay d'où vous tenés ce mauuais sentiment.
Vous suiués le conseil d'vne insolence extréme,
Il vous seroit fatal n' estoit que ie vous ayme,
On vous a voulu perdre, ayez soin desormais,
De garder en mon cœur la place où ie vous mets.
S'opposer à mes vœux c'est se noircir d'vn crime.
Pour viure en asseurance il faut que l'on m'estime
L'interest de ma gloire est de me conseruer

Ie pourray s'il me plaift tout perdre & tout fauuer.
En fuiuant les confeils qui plaifent à mon ame
I'en porteray tout feul & la gloire & le blafme :
Mais fans y receuoir d'autre fens que le mien,
Qui le contredira n'aimera pas fon bien.

ESCHILLES.

Ie ne tomberay plus dans vne erreur fi grande.

TIMOPHANES.

Vous en ferez plus fage & ie vous le commande.

ESCHILLES.

Ah ! Seigneur i'ay failly par importunité,
I'ay commis à regret cette temerité.
Timoleon me preffe auec peu d'apparence,
De parler de Philarque & de fa deliurance.
A caufe que les fiens l'ont efté fupplier,
Il a creu qu'il deuoit vous en faire prier.
Que c'eftoit vn deuoir que vous deuiez attendre,
Seigneur,

TIMOPHANES.

Ie vous l'ay dit, c'eft en vain de pretendre.
Que pour vn frere ingrat ie le deliureray,
Qu'à de foibles difcours ie me relafcheray
Si Corinthe retourne en fa forme premiere

A iij

Timophanes perdra le sceptre & la lumiere,
En me laissant seduire à de lasches amis,
Quitteray-ie le Throsne où la valeur m'a mis.
Si d'vn pareil desir mon frere se tourmente,
Sa poursuite m'offence & trompe son attente.
Allez, & dittes luy qu'il a perdu son temps,
Qu'il cesse de se mettre au rang des mécontens.
Ie mesprise & ie hay tout ce qui luy ressemble,
Vous, & luy, tous les miens, & tout le monde en-
  semble.
Ne m'obligeriez pas à changer de dessein,
Il a l'esprit malade, & vous l'auez mal sain.

SCENE II.

TIMOPHANES, LISANDRE.

LISANDRE.

*S*Eigneur laissez les dire, & pour regner sans
  crainte,
Fermez absolument l'oreille à cette plainéte,
La pitié quelque fois ayant surpris des cœurs,
A sousmis aux vaincus de peu sages vainqueurs.
Philarque est vn esprit remply de barbarie,

Voſtre douceur trop grande accroiſtroit ſa furie.
Comme de voſtre gloire il s'eſt rendu ialoux,
Il diſſimuleroit ſa rage contre vous.

SCENE III.

TIMOPHANES, DEMARETTE, ESCHILLES, LISANDRE.

TIMOPHANES.

IE me deffendray bien de l'effet de ſa haine,
Mais i'aperçois venir ma mere auec la Reine.
Elles viennent encor pour me perſecuter,
Mais l'arreſt eſt donné qu'il faut executer.
Madame, vous monſtrez deſſus vôtre viſage,
D'vne priere iniuſte vn indigne preſage,
Elle ſera ſans fruict c'eſt ma confuſion,
Mais vous deuiez iuger en ceſte occaſion,
Qu'à moins d'abandonner la couronne & ma
  teſte,
Je n'en puis accorder l'importune requeſte:
Le refus que i'en fais me donne du regret,

Et ie souffre dans l'ame vn desplaisir secret.

DEMARETTE.

Mais vostre coniecture est encore incertaine,
Aprenez pour le moins le suiet qui nous meine.
Celuy que vous pensez conduit icy mes pas
Mais c'est pour vn dessein que vous ne sçauez pas.
Philarque a pour moitié cette belle Melinthe,
Le charme de la Grece & l'honneur de Corinthe
Et de qui l'eloquence a des charmes si doux,
Qu'en nous venant prier de l'amener à vous,
Il a fallu ceder à cette aimable amante,
Toute triste qu'elle est, sa tristesse est charmante
Elle a ie ne sçay quoy de noble dans le cœur
Et qui ne blasme point vôtre iuste rigueur;
Bien qu'elle soit fort graue & fort maiestueuse,
Elle est pourtant si douce & si respectueuse,
Qu'elle range son ame à des soufmißions,
Qui font auoir pitié de ses afflictions.
Accordez quelque chose à son merite extréme,
Faites en ma faueur vn effort sur vous mesme,
Au moins permettez luy qu'elle vous puisse voir,
Nos desirs & les siens demandent ce pouuoir.

ESCHILISE.

Sire au nom de l'Hymē qui ioignit nos deux ames,
Par l'amour qu'il produit dōt ie ressens les flames,

Par

Par tout ce q̃ e le voſtre a de reſſentiment
Souffrez, qu'elle ſe iette à vos pieds ſeulement.
Qu'vn beau trait de clemence accroiſſe vôtre
    eſtime.
On punit noblement de pardonner vn crime.
Le Prince trop cruel par des traiſtres ſeduit,
Cherche de s'eſtablir en ce qui le deſtruit.
La mort de ce guerrier ſoüilleroit voſtre eſpée,
Quel fruict tireriez vous de ſa teſte coupée ?
On attaque peut eſtre vn hydre renaiſſant,
Qui de la perte d'vne en reproduiroit cent.
C'eſt vn courage illustre, il vous eſt neceſſaire
Qu'il ſoit aimé du peuple , aimé de voſtre frere:
Vous ſerez à couuert de ſa temerité,
Sa femme ſert d'oſtage à ſa fidelité,
Que par vous dans Corinthe elle ſoit retenuë,
On ſçait qu'il ne peut viure vn moment ſans ſa
    veuë.
Ce gage ineſtimable eſ̃ que vous direz tel
Peut ſouſmettre l'eſprit d'vn ennemy mortel.

TIMOPHANES.

Puiſque vous le voulez ie conſents de l'entendre,
Mais vous pour n'ouïr pas ce qu'elle peut attendre,
Rentrez dedans ma chãbre où i'iray vous trouuer,
Et la faites venir, elles me font réuer;

Lisandre elle vaut plus qu'elle n'est estimée,

LISANDRE.

Ouy Sire, sa beauté merite d'estre aymée,
Et de moindres attraits on peut charmer les Dieux

SCENE IV.

TIMOPHANES, MELINTE, LISANDRE.

TIMOPHANES.

HElas ie sçay trop bien ce que peuuent ses yeux,
Ce n'est pas d'auiourd'huy que pour cette
cruelle,
Ie brule d'vne ardeur mal'heureuse & fidelle.
Si Philarque est coulpable, & s'il est en prison,
Mesme s'il doit mourir c'est pour ceste raison
La beauté de Melinte a seule fait son crime,
Il faut qu'à ses rigueurs il serue de victime :
Ou bien que cette ingrate accorde à mes desirs,
Ce qu'vn traistre possede auec tant de plaisirs.
Elle entre. *Mais ô Dieux! elle approche & sa grace me charme,*
Mon courroux est vaincu, sa beauté le desarme.

O femmes sans esprit estoit-il à propos,
Que l'esclat de ses yeux vint troubler mon repos.

MELINTE.

Seigneur puis-ie parler?

TIMOPHANES.

Vous le pouuez sans crainte.

MELINTE.

Quand vous ne sçauriez pas le suiet de ma plainte,
La tristesse où ie suis embrassant vos genoux,
Vous diront que i'y viens pour sauuer mon espoux.
Seigneur dans le malheur d'vn coup si deplorable,
Ie n'excuseray pas le mary miserable.
Reduit dans les horreurs d'vne obscure prison
Ie l'estime coupable & vous plein de raison.
Ie ne vous diray rien qui parle en sa deffence,
Ie commettrois possible vne seconde offence:
Mais sçachant qu'autre-fois il eust vostre amitié,
I'ay creu que vous seriez capable de pitié.
On forge contre luy d'estranges impostures,
En tirant de ses mœurs de faußes coniectures.
Son crime est sa vertu, Sire, il n'a rien commis
Sinon d'estre meilleur que tous ses ennemis.
On dit qu'aux gens de guerre, il s'est monstrè
    prodigue,
Que ses profusions ont declaré sa brigue.

Cette ardeur de donner qu'il euſt touſiours au ſein
Eſtoit vne habitude & non pas vn deſſein.
De grace ouureζ les yeux pour voir leurs artifices
On vous dit qu'il conſpire, il n'a point de complices.
Ses liberalitez n'ont rien peu ſuborner
Il donne & ne pretend que le bien de donner
Son orgueil diſoit-on menaçoit voſtre vie,
Il s'eſloigne de vous, & la perfide enuie,
Le voyant eſloigner pour calmer leurs eſprits
Accuſa ſon départ de haine & de meſpris.
I'reuient, ſon retour pire que ſon abſence;
Lors qu'ils penſoit le mieux monſtrer ſon innocence
La fait prendre & le mettre en eſtat auiourd'huy,
De ſe voir accablé ſoubs les crimes d'autruy.
Ses cruels ennemis meritent ſon ſupplice
Ie ne demande pas qu'on m'en faſſe iuſtice.
Seigneur ie leur pardonne & ie m'adreſſe à vous
Auec des ſentimens moins iuſtes mais plus doux;
Si le ciel que i'implore en ma triſte auanture
Ne change point en vous l'ordre de la nature.
Si vous aueζ vn cœur fait de ſang & de chair,
Senſible aux paſſions qui nous peuuent toucher
Ne des'uniſſez pas ce que le Ciel aſſemble:
Ou ſi Philarque meurt que nous mourions enſẽble:
Ou ſi voſtre bonté veut m'accorder ce bien
Pour le prix de ſon ſang contentez vous du mien.
Mais Seigneur l'on vous place au rang des belles
    ames,

D'vn amour vertueux vous reſſentez les flames.
Par vn obiet diuin voſtre cœur eſt charmé
Vous ſçauez ce que c'eſt d'aymer & d'eſtre aymé.
I'eſpere que par là vous pourrez recognoiſtre
A quelle extremité deux amans peuuent eſtre
Quãd leurs cœurs eſtãs ioints on ſepare leurs corps,
La mort les menaçant de rompre ces accords.
Par des larmes de ſang à vos genoux offertes,
Par les peines d'amour que vous auez ſouffertez.
Parce que vous aymez qui doit eſtre adoré,
Par tout ce que les Dieux ont de plus reueré,
Seigneur,

TIMOPHANES.

N'acheuez pas, il eſt vray que mon ame
Souſpire, bruſle & meurt d'vne amoureuſe flame.
Que d'vn obiet diuin mon eſprit eſt charmé,
Mais ſçauez vous le nom de ceſt obiet aymé.

MELINTE.

Voſtre femme Seigneur, l'adorable Eſchiliſe,
Eſt celle dont voſtre ame eſt iuſtement eſpriſe.
Et c'eſt en ſa faueur que ie viens implorer
Le pardon de Philarque,

TIMOPHANES.

Il pourra l'eſperer
Non par cette faueur, mais par celle d'vne autre.

MELINTE.

D'où peut elle venir?

TIMOPHANES.

Ce sera de la vôtre.

MELINTE.

De la mienne grands Dieux! que mon cœur est
troublé,

TIMOPHANES

De ce trouble mon feu se trouue redoublé.
Elle en paroist plus belle, aduoüons ma foiblesse,
Melinte vos beaux yeux font le trait qui me blesse
Ce cœur qui dans la guerre auoit paru s'y fier,
Qui brauoit la fortune, & l'osoit deffier:
Ce cœur, dis-ie nourry dans la fureur des armes,
Fleschit sans resistance à de si douces larmes:
O merueilleux effet, d'vn visage charmant
Qui de son ennemy m'a rendu son amant,
Icy l'esprit se perd, la gloire s'abandonne,
Icy faut le courage, icy l'ame le donne;
Icy la beauté charme, icy l'espoir trahit:
Icy l'esclaue regne, & le maistre obeit,
Icy ie romps des fers pour me mettre à la chaine:
Enfin l'amour icy triomphe de la haine.
Et me fait aduoüer que ie suis enflammé,

Par le plus beau ſuiet qu'on ait iamais aymé:

MELINTE.

Icy l'amour attaque, icy l'honneur reſiſte,
Icy l'on veut corrompre, icy la foy ſubſiſte:
Icy naiſt l'inſolence, icy meurt le reſpeƈt,
Icy l'orgueil maiſtriſe, icy tout eſt ſuſpeƈt.
Icy regne le vice, icy l'ame eſt geſnée,
Mais icy la vertu ſe verra couronnée.

TIMOPHANES.

Ouy, pourueu que Melinte appaiſe mon tourment,

MELINTE.

Pour vn ſi grand eſprit c'eſt trop d'aueuglement,
Que deuiendroit la foy que vous auez iurée,
A qui vous la deuez d'eternelle durée.
Que deuiendroit la mienne & que feroient les
   Dieux,
S'ils ne puniſſoient pas ce deſir odieux.
Pour le perdre Seigneur conſiderez mes larmes,

TIMOPHANES.

Pour connoiſtre mon feu, conſiderez vos charmes,
Il ne ſçauroit mourir qu'auec vos appas:

MELINTE.

Bien donc que ie l'eſtime en ſouffrant le trépas.

Mais deuant que ie meure & que ie vous deliure
Que Philarque apres moy puisse esperer de viure,
Accordez cette grace à la mort où ie cours

TIMOPHANES.

Cesse chere Melinte vn si fascheux discours,
Tu dois receuoir mieux ma passion extréme,
Seray-ie mal'heureux à cause que ie t'aime,
Les Dieux dont les desirs suiuront mes sentimens
Pour des crimes si beaux n'ont point de chastimens :
Ie regne & toutefois ma passion m'ordonne,
De poser à tes pieds, mon cœur & ma couronne,
Trop heureux mille fois si ce vainqueur des Dieux
Ioint ta bouche à ma bouche, & tes yeux à mes
   yeux.

MELINTE.

Va, tu ioindrois plustost, le repos à la peine,
Et la paix à la guerre, & l'amour à la haine,
Et le iour à la nuit, & les enfers aux Cieux,
Que ta bouche à ma bouche, & tes yeux à mes
   yeux.

TIMOPHANES.

Melinte songez-vous, au mépris que vous faites
Cognoissez ma puissance & l'estat où vous estes,
Ie vay perdre Philarque, & ie n'ay plus de tort,

Par

Par vos seules rigueurs il receura la mort.
Consentez, ou qu'il meure, ou que ie vous possede:
Mon amour est extréme, il veut que tout luy cede.
Et vous deuez me craindre, en ne pouuant m'ay-
    mer.

MELINTE.

Ton feu me desespere au lieu de m'enflammer;
Plus mon esprit repasse vn affront si sensible,
Plus il conçoit d'horreur pour ce desir horrible.
Quoy monstre? quoy barbare execrable trompeur,
Tu pensois me toucher ou d'amour ou de peur?
Serois-ie foible au point où ton esprit l'estime?
Serois-tu bien laué d'vn crime par vn crime,
Non, ta fiere menace est vaine contre moy,
Ton detestable amour n'esbranle pas ma foy:
De l'auoir esperé ton erreur est extréme,
L'honneur m'est plus sensible, & plus cher que moy-
    mesme.
Philarque, ny le iour, ne me font rien au prix;
Tu ne m'es aupres d'eux qu'vn obiet de mespris;
Ie n'ayme ny ne crains ta flame & ta colere,
Vn mary préferable a seul droit de me plaire:
Il descend d'vn sang noble, aussi bien comme toy,
Tu n'as rien plus que luy, qu'vn faux tiltre de
    Roy.
L'outrage qu'il reçoit de ta foy pariurée,

A trop fait recognoiſtre à Corinthe éplorée,
Que deux hommes eſgaux different en ce point,
L'vn eſt ingrat & traiſtre, & l'autre ne l'eſt point.
L'vn donna ſon ſang propre au bien de ſa patrie :
L'autre la veut deſtruire apres l'auoir trahie,
Si laſche & ſi barbare en ſes deslayautez,
Que meſme ſes amis ſentent ſes cruautez :
Mais anime ta rage à combler ma miſere,
Viens me donner la mort dans les bras de mon pere :
I'aymeray ce preſent, qui me viendra de toy,
Pourueu que ie conſerue & l'honneur, & la foy.

SCENE V

TIMOPHANES, LISANDRE.

TIMOPHANES.

Liſandre ie pâlis & d'amour, & de rage,
Ce doux charme des yeux me priue de coura-
       ge.
Qui m'offence me plaiſt, Dieux! quelle nouueauté,
Que mon ame s'entende auec ſa cruauté.
Elle me fait affront, & quoy ie le ſupporte?
On me voit homme foible, & femme on la voit
       forte.

Son cœur qui croit s'armer d'vne haute vertu,
Alors qu'il m'en dépouille , en paroiſt reueſtu:
Imprudente Eſchiliſe , ô femme trop ſenſible!
Que ta pitié m'eſt rude , & qu'elle t'eſt nuiſible :
Veux tu rendre des biens , à qui vole ton bien,
Et veux tu rendre vn homme à qui rauit le tien.
Apprends , viens voir ma faute apres ton impru-
   dence
La beauté de Melinte , auec ſon inſolence.
Viens punir mon eſprit d'auoir voulu changer,
Vange-toy de l'ingrate , à fin de m'en vanger.
Mais Dieux ! de quel deſir mon ame eſt-elle at-
   tainte?
Que mes propres deſirs me donnent de la crainte.
Non n'apprends pas vn mal dont ie ne puis guerir,
Ta ialouſe fureur ne me peut ſecourir:
Tu ne dois pas entrer en cette intelligence,
Ie trouueray ſans toy qui fera ma vangeance.
Et ſans me ſoucier du tort que ie te fais,
Tu n'apprendras mon feu qu'apres tous ſes effets.
Và parler au mary de cette femme altiere.
Dy-luy qu'il ſe prepare à perdre la lumiere:
Toutesfois que s'il veut ſe ſauuer auiourd'huy,
Et rentrer dans ſa gloire , il ne tiendra qu'a luy :
Mais que le ſeul moyen de conſeruer ſa vie,
Eſt de ceder l'obiect dont mon ame eſt rauie.
Qu'auec ſa liberté ie luy rendray ſes biens,

Et s'il veut la moitié du sceptre que ie tiens.
Mais si de l'insolent mon offre est mesprisée,
Faut-il que ie m'expose à seruir de risée,
Quoy? me verrois-ie en vain, si viuement espris,
N'ay-ie pas le pouuoir de forcer leurs mespris?
Ouy, ma raison s'eueille & mon ordre se change,
Escoute, il faut qu'on m'ayme, ou bien que ie me
    vange.
Va la prendre & l'ameine auec que son mary,
Et qu'ils meurent ensemble, où que ie sois guery.

Fin du premier Acte.

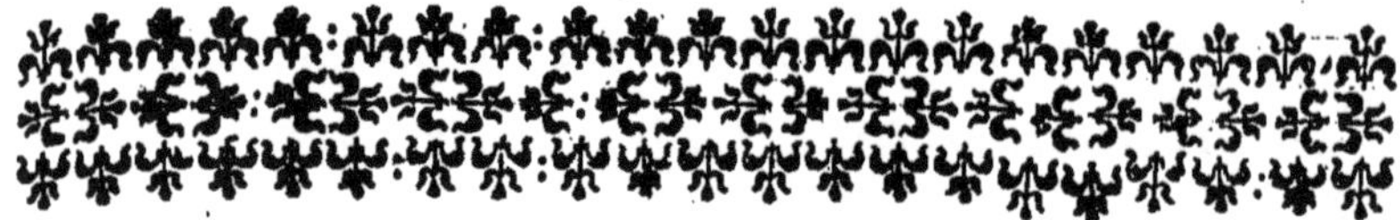

ACTE II.

TIMOLEON, MENANDRE
MELINTE, ESCHILLES.
ORTAGORES, LISANDRE, Soldat.

SCENE PREMIERE

MELINTE, MENANDRE.

MELINTE.

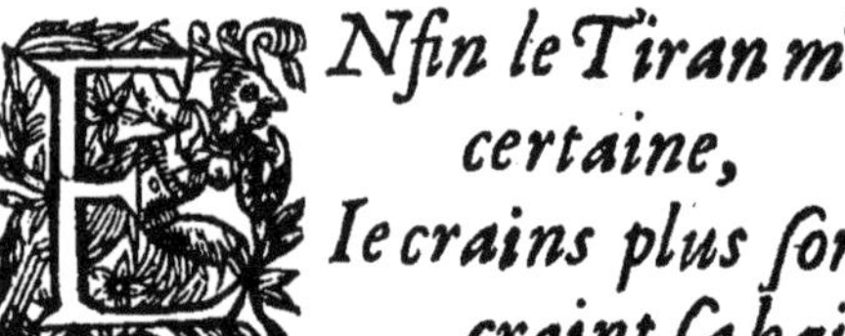

Nfin le Tiran m'ayme, & ma perte est
certaine,
Ie crains plus son amour, que ie n'ay
craint sa haine :
Plus son cœur a fait voir qu'il estoit embrasé,
Comme ie le deuois, ie l'ay plus mesprisé :
Mais ce iuste refus me rendra criminelle,
Vostre Fils receuant cette iniure nouuelle,
Ne m'est point obligé des soins que i'ay rendus,
Espoir, Pere & Mary, ie vous ay tous perdus.

Ce qui me doit resoudre à courir au supplice,
Afin que ie vous suiue & que ie m'en puniſſe.

MENANDRE.

O Dieux! que de mal'heurs nous viennẽt aſſaillir.

MELINTE.

Vous iugez bien mon Pere, en quoy i'ay peu fail-
  lir,
Vous n'eſtimerez pas qu'vne action infame,
En trahiſſant Philarque, ayt fait pecher ſa femme,
Non, quoy que ie reproche à mon cœur abattu,
Il n'a point violé les droits de la vertu :
Infortuné deſir de ſauuer l'innocence,
Reſpect, debuoir, amour, honneur, obeiſſance,
Complices de ma perte, aymables ennemis,
Ie ſouffre dans le mal que vous auez commis :
Ie m'eſtime coupable à cauſe que vous l'eſtes,
Au lieu de conſentir aux meurtres que vous fai-
  tes.
I'eſperois que par vous mes maux deuoient finir,
Quoy vous les accroiſſez, & ie m'en dois punir ?
Ha mon Pere ! c'eſt trop, la douleur me ſurmonte,
Tyran tu vas connoiſtre à quel point elle monte :
Ouy, ie me puniray des crimes que tu fais,
Tant vne iuſte cauſe a d'iniuſtes effets :
Fidelle à mon Philarque en dépit de ta rage
I'ay manqué de prudence & i'auray le courage,

D'éuiter en mourant que d'vn brutal effort,
Tu ne ioignes ſa honte au mal'heur de ſa mort.

MENANDRE.

Quoy? pour ſauuer mon Fils, le Tygre veut ſa fem-
me,
Voit-on deſſus la terre vn monſtre plus infame?
Ah ma fille ? à ce coup ſortons de ſon pouuoir,
Mourons dãs ce mal'heur ſans choquer le deuoir,
Qu'il immole Philarque à ſa brutale enuie,
Au prix de ſon honneur ie ne veux point ſa vie:
Luy meſme aſſeurement n'en veut pas à ce prix
En propoſant cette offre vn traiſtre s'eſt mépris.

MELINTE.

Pour éuiter ce mal i'ay recours à la Parque,
Mais mon Pere attendez le deſtin de Philarque,
Sçachez ce qu'en fera ce monſtre furieux,
Peut eſtre aurez vous l'heur de luy fermer les
yeux.
Miſerable deuoir que vous luy pouuez rendre:
Et qui m'eſt denié

MENANDRE.

Ie ne ſçaurois l'attendre
Ie te ſuiuray ma fille.

MELINTE.

      O mon Pere! pourquoy
Chercherez vous la mort qui n'est iuste qu'à moy?
Par elle ie me saüue & ma crainte est bannie,
Deux illustres Tyrans m'ostent de tyrannie.
O souuerain remede! ô glorieux pouuoir!
Ie meurs sur les autels d'amour & du debuoir.
Toute preste à descendre en ces Royaumes sombres
Où mon Philarque & moy reioindrons nos deux
  ombres:
Ie vay baiser le fer qui me doit secourir,
A qui n'ose plus viure, il est doux de mourir.
Les Dieux qui vont punir l'iniustice d'vn traistre,
Des-ja trop offencez ne voyant point accraistre
Sa honte de la mienne, & son crime du mien,
N'auront à foudroyer d'autre chef que le sien;
O vous! pour qui ie voy ma constance abattuë,
Si vous auez pitié de l'ennuy qui me tue,
Pour la derniere fois venez moy secourir,
Il ne me reste plus qu'à vous voir pour mourir:
Mais Dieux! il n'est pas libre, à tort ie le desire,
En ce fatal moment peut-estre qu'il exspire,
Et que soubmis aux loix d'vn iniuste pouuoir,
Il ne me reste plus qu'à mourir pour le voir.

SCENE

SCENE II.

MENANDRE, MELINTE, LISANDRE Soldat.

MENANDRE.

Ais ma Fille on nous suit;

MELINTE.

Dieux! me voudroit on prendre?

LISANDRE.

Ie vous fais prisonniere;

MENANDRE.

Osez vous l'entreprendre?

LISANDRE.

Et vous mesme osez-vous resister contre moy.
I'execute mon ordre, elle a trahy le Roy,
Retirez-vous,

D

MENANDRE.

Ie cede à l'effort de leurs armes,
Ma Fille, ton secours ne gist plus qu'en tes larmes.

MELINTE.

O Ciel, que d'iniustice & que de trahison!
Mais pourquoy le Tyran me met-il en prison?
Me fait-on prisonniere à cause de ses crimes,
Pour appaiser les Dieux, manquoit-il de victimes?
Pour rentrer dans leur grace, au deffaut de l'encens
Leur doit-il immoler le sang des innocens?

LISANDRE.

Melinte suiuez-moy;

MELINTE.

Ie suy sans resistance:

MENANDRE.

O Tigres!

MELINTE.

O mon Pere armés-vous de constance!

MENANDRE.

Quoy? l'enleuerez-vous à mes yeux, en mes bras,
Infames rauisseurs?

MELINTE.

Ne vous emportes pas
Mon Pere, il faut aller, puisque le Ciel l'ordonne:
Et qu'à nostre secours il ne viendra personne.
Attendons sa clemence, inuoquons sa pitié:
Marchons, allons mourir auec nostre moitié.

SOLDAT.

Seigneur, Timoleon paroist en ceste rue.

LISANDRE.

Marchez, viste, Melinte éuitons sa venue,
Il nous arresteroit comme frere du Roy,

MENANDRE.

Acheuez mes malheurs, traistres, esgorgez-moy.

SCENE III.

TIMOLEON, MENANDRE,

TIMOLEON.

MEnandre qui vous trouble?

MENANDRE.

     O comble de ma crainste!
Deuez vous ignorer le subiet de ma plainte:
On m'a rauy mon Fils, il est emprisonné,
Par l'iniuste pouuoir d'vn monstre couronné;
Sa femme entre mes bras vient de m'estre rauie,

TIMOLEON.

O Dieux!

MENANDRE.

   Ie ne n'ay plus rien à perdre que la vie,
Ie l'offre, & ses bourreaux ne me l'arrachent pas.
Ils veulent que ie souffre au delà du trépas;
Ils pensent aggrandir vne misere extréme,
Et donner des leçons à la cruauté mesme.
Le fer à leur aduis me seroit trop humain,
S'il n'abregeoit mes iours auec ma propre main.
Ne souffrez pas qu'on perde vne illustre famille,
De grace; opposez vous au mal'heur de ma fille;
Au bord du precipice où nostre honneur va choir,
Contre vn frere inhumain vous estes nostre espoir.
Cét obiet de nos maux,

TIMOLEON.

     N'est que trp pitoyable,
Il m'estonne si fort qu'il me semble incroyable.
Est-il possible, ó Dieux! qu'vn homme de valeur,
De naissance & d'esprit soit si lasche de cœur?

Pleuſt aux Dieux ! viſſiez vous mon ame toute
   nue,
Vous verriez ſa colere à peine retenuë.
Qu'elle meſme s'accuſe auec iuſte raiſon.
D'eſtre ſeule coupable en cette trahiſon.
I'ay cauſé tous les maux qui nous liurent la guerre,
C'eſt-moy qu'on void fouler indignement la terre,
Qu'auec horreur & honte, elle peut ſouſtenir,
Que la foudre menace, & qu'elle va punir.

MENANDRE.

Ha ! que voſtre pitié ne m'eſt pas incognuë ;
Sa froideur ſe fait voir, par ceſte retenuë.
Elle a mis en oubly ce qu'elle m'a promis,
Les freres en un mot ſont plus que les amis.
Tous deux ſont obligez à noſtre bienveillance,
L'vn mãque de pouuoir, l'autre a trop de puiſſance :
L'vn eſt ingrat par force, & l'autre par deſſein
Verſe ſur eux le ſang que reſpandra ton ſein,
Qu'ils en ſoient arrouſez, qu'apres eux ton ſang
   crie,
Qu'il ſerue à ces ingrats d'eternelle furie.

TIMOLEON.

Moderez-vous Menandre.

MENANDRE.

              Ha ! peut-on eſperer
Qu'vn Pere outré de dueil ſe puiſſe moderer?

TIMOLEON,

Appaisez voftre efprit.

MENANDRE.

Que mon efprit s'appaife?

TIMOLEON.

Ouy, le Ciel fe prepare à vous rendre voftre aife.
Ie vous promis hier de fauuer voftre Fils,
Ie renouuelle encor le ferment que i'en fis,
Et pour mieux affurer la foy que ie vous donne,
Apprenez vn fecret qui n'eft fçeu de perfonne,
Qui vous peut conferuer & l'honneur & les biens,
Pourueu que vous ioignez vos interefts aux miens.
Vous me deuez feruir, et vous me pouuez nuire,
Si vous le defirez, ie veut bien vous le dire:
Mais iurez-moy deuant de n'en parler iamais.

MENANDRE.

I'en iure tous les Dieux, ouy, ie vous le promets.

TIMOLEON.

Ce Throfne, mais pluftoft ce honteux precipice,
Où la rigueur prefide auec que l'iniuftice,
Où le vice qui regne accable la vertu
N'efleue fon orgueil que pour eftre abbatu.
Son Tyran dont fon frere auiourd'huy vous deli-
ure.

Renoncera de l'estre, ou cessera de viure.

MENANDRE.

O bons Dieux! & comment?

TIMOLEON.

Ne vous estonnez point,
L'amour de mon pais m'a reduit à ce point.
Ie punirois vn fils de la mesme iniustice,
Ie l'abandonnerois pour faire vn sacrifice:
Si ma ville y trouuoit le repos qu'elle attend,
Moy-mesme pour luy rendre vn seruice importãt,
Et l'oster du seruage, & des maux qu'elle souffre,
S'il falloit m'engloutir tout viuant dãs vn gouffre:
Employer à ma perte, & sa flame & le fer,
L'ardeur que i'ay pour elle, affronteroient l'enfer:
Mais ie romps le discours, ie voy venir Eschilles,
Allez, espargnez vous des larmes inutiles:
Cachez vos sentimens & ne declarez rien,
Cherchez de nos amis ceux qui sont gens de bien,
Les plus interessez comme les plus intimes;
Trouuez-vous en la place où l'on punit les crimes.
Le Tyran s'y promene & ie m'y trouueray,
Tout changera de face, ou bien ie periray;
Rien ne peut diuertir vne si iuste enuie,

SCENE IV.

TIMOLEON, ESCHILLES,

TIMOLEON.

ESchilles deformais ie veux mal à ma vie,
D'auoir tant differé le trépas d'vn ingrat,
Qui remettroit Corinthe en son premier esclat.
O ma ville ! autres fois le seiour des delices,
Toy qui sers de Theatre aux iniustes supplices,
Grand tableau de misere & de compassion,
Et de qui les biens-faits causent l'affliction.
Toy qui dans la iustice estois incomparable,
Qui dans la pieté te rendois admirable;
D'où te viēt le mal'heur que l'on remarque en toy
De n'y rencontrer plus ny iustice, ny foy,
Helas ! c'est le Tyran qui cause ces miseres,
Qui vient de nous rauir l'honneur qu'auoient nos
 Peres;
Et cette liberté pour qui nostre vertu,
Tout fraichement encore à si bien combatu,
C'est luy, qui te remplit de plaintes & de larmes.
Qui te rauit l'espoir, & le fruit de tes armes,

Qui

Qui change au nom de Roy celuy de Gouuerneur,
Qui foule tout aux pieds iusques à son honneur,
Tu mis au iour vn monstre à toy-mesme fatalle,
Dont l'humeur lasche & noire ingrate & desloya-
   le,
Ne va faire de toy qu'vn funeste tombeau,
Si tu ne vois renaistre vn Alcide nouueau.

ESCHILLES,

C'est en quoy son bon-heur pourra faire connaistre,
Qu'en vos seules vertus on l'aura veu renaistre.
Courage, il faut qu'vn monstre espreuue le trepas;
Vous serez son Alcide, & moy l'vn de ses bras.

TIMOLEON.

Ouy, mais que i'ay de peine à m'y pouuoir resou-
   dre.
Ie le dis entre nous; ce m'est vn coup de foudre;
Quelque raisonnement que ie puisse auoir fait?
Mon cœur qui le desire en redoute l'effet.
Que la pitié d'vn frere est vne chose tendre!
Quelque felicité que l'on en puisse attendre.
Il est tousiours mon frere & moy tousiours le sien,
Et son trepas sans doubte attireroit le mien.
O vous chers Citoyens! que ce Tyran opprime,
Quand on luy mit en main le subiet de son crime:
Que ie vous fis choisir cét homme ambitieux

Pour chef des gens de guerre, auiez vous pas des
    yeux.
Qui vous empeschoit lors de voir & de connaistre
Qu'il vous seroit pariure, & qu'il me seroit trai-
    stre ?
Qu'ébloüy de l'esclat de cest illustre rang,
Au lieu d'estre fidelle il se feroit Tiran.
Ce qu'il est, son orgueil le doit à mes seruices,
Il se ressouuient mal de tant de bons offices :
Pour l'honnorer d'vn bien ie m'en voulus priuer,
Renonçant aux honneurs pour l'y voir esleuer :
De ce perfide esprit i'ignorois l'artifice,
Il trahissoit Corinthe, & i'estois son complice,
C'est comme il recompense vne aueugle amitié,
De me rendre par elle vn obiect de pitié :
Et toutefois ie l'ayme, en est-il pas indigne ?
Ouy, la mort doit punir sa trahison insigne,
Et le Ciel & la Terre, exigent ce debuoir,
Ie consents à sa perte, & ie ne la puis voir ;
Car mon sang est esclaue, & c'est mon sang qui re-
    gne,
Et si mon cœur se vange, il faut que mon cœur
    saigne.
Luy mesme se doit perdre, ou se doit maintenir,
Doit pardonner son crime, ou bien le doit punir :
Ha ! que mon ame souffre en vn combat si rude,

ESCHILLES

Tomberez, vous tousiours en cette incertitude:

TIMOLEON.

O Dieux ! & le moyen de n'y retomber pas.

ESCHILLES

C'est qu'il faut promptement luy donner le trépas,
Vous sçauez que sa perte afflige assez mon ame.
Quand ie me ressouuiens que ma sœur est sa fem-
    me:
Mais de cet interest serois-ie combatu:
Lors que cét infidelle a trahi sa vertu ?
Cét affront vous regarde autant comme il me
    touche,
Allons donc l'empescher qu'il ne soüille sa couche.
Il m'offence & m'oblige à me vanger de luy,
Faictes changer ce traistre, ou qu'il meure auiour-
    d'huy:
Nous voyans tous ensemble accablés de miseres,
Comme il refuse tout à nos iustes prieres.
Qu'il n'a faueur, bonté, ny respect pour les siens,
Qu'il menace vos iours, & menace les miens:
Que mesme enuers sa femme on le voit mescon-
    naistre.
Ne vous obstinez plus à conseruer vn traistre:
Consentez qu'on trahisse vn qui nous a trahis,

Et qui nous perdroit tous en perdant son païs.

TIMOLEON.

Mais le voir tomber mort,

ESCHILLES.

Tomber sous sa furie?

TIMOLEON.

Oublier son sang propre,

ESCHILLES,

Oublier sa patrie.

TIMOLEON.

Perdre vn frere?

ESCHILLES.

Vn Tyran.

TIMOLEON.

Que i'ayme,

ESCHILLES.

Et qui nous hait,

TIMOLEON.

Que m'auroit-on veu faire?

ESCHILLES.

Et bien qu'auriez vous fait.

TIMOLEON.

I'auray perdu mon sang:

ESCHILLES.

Pour conseruer le nostre.

TIMOLEON.

Que i'ay sauué moy-mesme.

ESCHILLES.

Et qui s'attaque au vostre.

TIMOLEON.

Les Dieux le vangeront;

ESCHILLES.

Il s'est moqué des Dieux,
N'ayez plus de pitié d'vn monstre furieux.
Consulter plus long-temps & combatre en soy-
mesme,
Dãs vn si grãd mal'heur c'est vne erreur extréme:
Il nous preuiendra tous, si l'on ne le preuient,

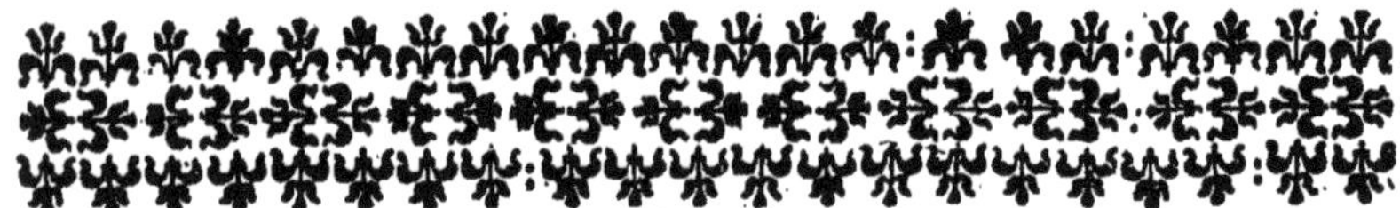

S C E N E   V.

ESCHILLES, ORTAGORES,

TIMOLEON.

ESCHILLES.

MAis ie voy se me semble Ortagores qui
vient;

 TIMOLEON

Auez-vous donné l'ordre à toutes nos affaires?

ORTAGORES.

Ouy, ie viens de preuoir aux choses necessaires.

ESCHILLES,

Et nos communs amis sont-ils bien preparez?

ORTAGORES.

On ne trouua iamais de gens plus asseurez,
Resolus à mourir, & qui bruslent d'entendre,
Le nom de liberté.

ESCHILLES.

Que faut-il plus attendre?

TIMOLEON.

Allons, mais vous sçauez ce que l'on m'a promis,
Pour la derniere fois, il me sera permis
De parler à mon frere & luy faire cognaistre,
Que les Corinthiens ne veulent point de maistre:
Que la raison l'oblige à me tenir sa foy,
Si comme de coustume il se moque de moy.
Ie consents à sa mort, seul espoir qui nous reste,
O Ciel! dispense nous en vn coup si funeste:
Luy de le receuoir, & moy de le donner.
Detourne ce mal'heur, s'il se peut détourner.

SCENE VI.

ESCHILLES, ORTAGORES,

ESCHILLES.

A My, cette froideur, & cette incertitude,
Marquent nostre ruyne, & son ingratitude,
Il veut, il ne veut pas, son cœur desire, & craint,
Il menace & pardonne, il endure & se plaint:
Toutes ses actions tendent à la surprise,
Il veut rompre, & non pas acheuer l'entreprise,
Il nous dit que son frere a merité la mort
Il permet à mon bras ce genereux effort,
Ce coup est necessaire, il consent à sa perte:
Mais cette occasion ne s'est iamais offerte.
Qu'il ne m'ait empesché de le faire mourir,
Le traistre nous abuse, il nous veut découurir,
Pour se mettre à couuert des coups de la tempeste,
Il n'espargnera pas ny ton sang, ny ma teste,
Mais encor que dans l'ame ils soient tous deux
   d'accord
Tous deux comme il est iuste, auront un mesme
   sort.

Et pour me deliurer de cette perfidie
Il faut que ie me perde , ou que i'y remedie.
Pour oster au Tyran ce dangereux appuy ,
Ce cœur diſſimulé , deffaiſons-nous deluy :
Or comme ſa maiſon eſt ioincte auec la mienne ,
I'entre ſans eſtre veu , de ma chambre en la ſienne,
I'ay fait faire vn paſſage exprés pour ce deſſein,
Par vn des Citoyens qui m'a prété la main ,
Il m'a fait vne porte & bien cloze & bien ferme,
Semblable à la muraille, & qui s'ouure & ſe ferme
Auec tant de iuſteſſe , & de facilité.
Que i'en puis diſpoſer en toute ſeureté.
I'auois touſiours preueu que ce frere infidelle,
Se couuroit d'vne feinte & s'armoit d'vn fàux
    zele,
Et qu'il ne témoignoit de iuſtes mouuemens,
Qu'afin de penetrer dedans nos ſentimens.
L'ardeur dont il en parle a penſé me surprendre,
Il le pourroit encor , mais ie m'en veux deffendre.

ORTAGORES.

Il n'eſt que trop coupable,
ESCHILLES.
Il n'en faut plus doûter,
ORTAGORES.
Eſcoutez ſeulement.
ESCHILLES.
Que pourrois-ie eſcouter?

Ie

Ie ſçay ce qu'il faut craindre, & ce que l'on veut
    dire.
Mais quand l'vn ſera mort, il faut que l'autre
    expire :
A tous euenemens ie me ſuis preparé,
Afin que voſtre eſprit en ſoit plus aſſeuré.
Ie vay vous faire voir, que i'ay beaucoup d'a-
    dreſſe,
Et que cét eſprit double a manqué de ſoupleſſe :
Et qu'il eſt impoſſible à ces nouueaux Tyrans
D'éuiter les effets des deſſeins que ie prens.
Mais ne differons plus, le temps eſt trop vtile,
Il faut vanger ma Sœur, & ſecourir ma ville :
Et me ſauuer moy-meſme auec tous mes amis,
Dans ce iuſte deſir, ie me croy tout permis.

Fin du ſecond Acte.

ACTE III.

ESCHILLISE, DEMARETTE, TIMOPHANES, ESCHILLES, TIMOLEON.

SCENE PREMIERE.

ESCHILLISE Seule.

Ne te fay plus de violence,
Eschillise, romps le silence;
Maintiens, qui te doit maintenir,
N'attens pas qu'il te faille plaindre
Le sort d'vn espoux te fait craindre;
Tu preuois, tu dois preuenir;

L'ambition, l'orgueil, l'enuie,
Menacent d'abreger sa vie,
Son trépas te feroit mourir;
Quelque respect qui te retienne,
C'est ta cause, comme la sienne,
Aide-luy pour te secourir.

Fay-luy voir qu'il suit vne ingratte,
Qui le trahit, & qui le flatte
De l'espoir de deuenir grand,
Que s'il tient d'elle vne couronne,
Cette inconstante qui le donne,
Est la mesme qui le reprend.

Toy que tout le monde caresse,
Aueugle & trompeuse Déesse,
Obiect des superbes desirs;
Partage entre nous ta coûtume,
Que ie gouste ton amertume,
Et luy tes solides plaisirs,

O fortune sois moins volage,
Oblige vn illustre courage,
Trauaille à ta gloire en ce point,
Qu'vn de tes ouurages s'acheue.
Et celuy que ta main éleue,
Que ta main ne l'abbaisse point.

SCENE II.

ESCHILLISE, DEMARETTE,

ESCHILLISE.

MAis quoy,

DEMARETTE.

Ie vous surprends ;

ESCHILLISE.

Ouy Madame ie songe
A l'excés des ennuis où le destin me plonge.
Ie voy que nous tombons en d'extrémes mal'heurs,
Et qu'ē mōtant au Trône, il faut verser des pleurs.
Mais dans ma iuste crainte il faut que ie me plai-
gne,

DEMARETTE.

Encor que craignez-vous ?

ESCHILLISE.

Ce qu'il faut que ie craigne,
Que mon espoux ne meure, & qu'vn frere irrité,

Ne le fasse l'obiet de sa temerité.
Car, Madame, on a veu d'assez, tristes exemples,
Où le sang homicide a profané des Temples,
Les Grecs ont veu chez eux, des freres inhumains,
S'entredonner la mort, auec leurs propres mains.
Ils ont veu des enfans massacrez, par leurs meres;
Ils ont veu des enfans qui massacroient leurs peres.
Le sang doit faire aimer, mais le Ciel a permis,
Qu'il rendit les parens, les pires ennemis.
C'est en quoy mes soupçons, paroissent legitimes,
Mesmes inimitiés, ont procuré ses crimes;
Et les mesmes fureurs se peuuent témoigner,
Où l'vn veut estre libre, & l'autre veut regner
Le trespas de Philarque, est de trop d'importance,
Vn frere, contre vn frere, entreprend sa deffence,
Et d'ailleurs il resiste au nouueau nom de Roy;
Il blâme mon espoux d'auoir manqué de foy;
Le nom de liberté fait que son cœur souspire,
Et c'ét ce qui m'oblige à croire qu'il conspire.

DEMARETTE.

Dans cette vaine peur que vous en faites voir,
Quoy, ma fille, le sang n'a donc plus de pouuoir,
Mais le voicy qui vient, retirés-vous de grace,
Ie veux l'entretenir dessus ce qui se passe;
Ie finiray bien tost vn si triste entretien,
Et ie luy parleray pour nostre commun bien.

SCENE III.

DEMARETTE, TIMOPHANES,

DEMARETTE.

MOn Fils si i'ose faire vne seconde plainte
Ie ne demanderay Philarque ny Melinte.
Voyez que vostre Mere embrasse vos genoux,
Pour elle, & pour vn frere & plus encor pour vous.

TIMOPHANES.

Que dites-vous Madame? et qu'est-ce que vous
faites?

DEMARETTE.

Si vous n'accordez rien à mes iustes requestes,
Il n'est crainte, raison, ny maxime d'Estat,
Qui vous puisse excuser de me paraistre ingrat,
Ie ne veux rien de vous, qui ne soit legitime,
Et c'est pour empescher la naissance d'vn crime.

TIMOPHANES.

Quel crime?

DEMARETTE.

Il est horrible à la clarté du iour,

TIMOPHANES.

Ie suis trahy sans doute, elle sçait mon amour,

DEMARETTE.

La crainte qu'il n'arriue, à toute heure me presse,
Auec iuste subiet mon cœur s'en interesse:
Vous traitez, vostre frere auec trop de mépris,
De haine, l'vn pour l'autre, on vous a veus épris:
Auec quelle douleur, puis-ie l'auoir soufferte,
Ie dois de cette haine attendre vôtre perte,
En attendre la mienne, & peut-estre à mes yeux,
De voir executer des meurtres odieux.
Pardonnez ce discours à l'ardeur qui m'emporte,
Ie vous ayme tous deux d'vne amitié si forte:
Que presque à tous moments mes esprits allarmez,
Pensent voir mes enfans, l'vn côtre l'autre armez;
Mais viuez mieux ensemble, ô mon Fils, vostre
    Mere
Touche des sentimens que n'a pas vostre frere;
Faites luy receuoir vn traitement plus doux:
Car vous deuez beaucoup au soin qu'il a de vous.
Les marquez d'amitié qu'il vous en a renduës,
Dans vôtre souuenir se sont elles perduës?

Ie sçay bien qu'il vous ayme, & mes pleurs apres
　　tout,
De voſtre dureté deuroient venir à bout.
Mon Fils chaſſez la crainte où mon ame eſt reduite,
Que l'eſclat des grandeurs dont la vôtre eſt ſeduite,
Ne vous empeſche pas d'en iuger ſainement,
D'eſcouter voſtre Mere, & d'agir iuſtement,
Contentez voſtre Frere, au moins en quelque choſe,
Si vous ne conſentez à ce qu'il vous propoſe :
Pour cette liberté qu'il tâche de r'auoir,
Adouciſſez le tiltre, & gardez le pouuoir.
Satisfaites ainſi ſon deſir & le voſtre,

TIMOPHANES.

Madame, ce diſcours ſeroit bon pour vn autre :
Qui ſe relaſche eſt foible, & qui cede eſt rendu,
Si ie quitte le nom le pouuoir eſt perdu.
Ce frere iniurieux veut ternir ma memoire,
Il ayme ma perſonne, auſſi peu que ma gloire.
Le nom le choque moins que ne fait le pouuoir,
C'eſt peut-eſtre vn bon-heur qu'il voudroit bien
　　auoir.
S'il m'ayme, on le verra, qu'il ceſſe de ſe plaindre,
Et de m'importuner, & de vous faire craindre.
Ce n'eſt pas mon deſſein, que nous venions aux
　　coups,
N'y que ce déplaiſir aille iuſques à vous.
Encore qu'il ait tort de m'eſtre ſi contraire,

Qu'il

Qu'il prend tous les partis qui me peuuent déplai-
re.
De peur que ma vengeance accroisse voStre ennuy,
Ie seray le dernier à m'attaquer à luy:
Le voicy ce me semble, attendez-le Madame;
Faites que la raison agisse dans son ame,
Que son desir s'accorde auec que son deuoir
Et qu'il soit le premier à suiure mon pouuoir.

SCENE IV.

DEMARETE, TIMOLEON,

DEMARETTE.

O Dieux! que son esprit cache de violence!
Mais desguise ton ame à celuy qui s'auance.
Tâche subtillement déuenter vn dessein,
Dont le simple soupçon te fait glacer le sein.
Dy de sçauoir vn mal, dont tu n'as que la crainte,

TIMOLEON.

O rencontre fascheux!

DEMARETTE.
Entendrez vous ma plainte,

TIMOLEON

Mes yeux chargez de pleurs disent-ils point assez,
Les funestes mal'heurs dont vous nous menacez?

TIMOLEON.

Quelle friuole crainte embarasse vostre ame?

DEMARETTE.

Vn grand subiet de crainte, en fait vn grand de
    blasme,
L'iniuste desplaisir dont vous estes atteint,
Est celuy que i'accuse, & que mon ame craint
A quelle extremité reduisez-vous ma vie,
La trouuez-vous trop longue & qu'elle est vostre
    enuie?
Auez-vous trop d'vn frere? ennuyé de son bien
Estes-vous las qu'il viue, & n'aymez-vous plus
    rien?
Dans vostre inimitié que nous voyons accraistre,
Plaindray-ie le mal'heur de vous auoir fait naistre.
Dois-je seruir de butte à vostre auersion?

TIMOLEON.

Madame, il s'en faut prendre à son ambition,
L'ingrat, s'estant piqué de regner sur la terre,
Où le sceptre, parfois, comparable à du verre,
Foible & facile à rompre au moindre éuenement,
Espreuue que son estre est borné d'vn moment.

Il croit suiuant vn bien de si courte durée,
Que l'amitié d'vn frere, est bien moins asseurée,
Et que pour arriuer à ce superbe rang;
On doit n'espargner rien, non pas mesme son sang.
Ouy cette ambition, cette mortelle peste;
A mon bon-heur fatalle, à Corinthe funeste,
En couronnant la teste, arme encore sa main,
Elle priue son cœur de sentiment humain;
La iustice le blesse, & la raison l'outrage,
La douleur le dégoute, il reçoit mieux la rage,
Il adore le vice, en veut estre souillé,
De toutes les vertus, son cœur s'est despouillé.
Ie l'aimois, changement sensible à ma memoire!
Alors qu'il recherchoit la veritable gloire.
Que son bras s'occupant à des actes permis,
N'espandoit d'autre sang que de ses ennemis,
Qu'il prenoit mes conseils aux affaires plushautes;
Qu'il suiuoit mes desirs, que i'excusois ses fautes;
Qu'à mes affections il n'estoit pas ingrat,
Que tenant sa fortune en son premier esclat,
Il témoignoit du zele à seruir sa patrie,
Dépuis qu'ingratement le lasche la trahie.
Qu'il m'a trahy moy mesme affin de la trahir;
Ie suis forcé, Madame à le deuoir hair:
Toutes fois ie resiste à cette iuste haine,
Bien que ma resistance à mon regret soit vaine:
Que sans fruict ie trauaille à m'opposer à luy,

Pour noſtre liberté qu'il nous oſte auiourd'huy.

Oppreſſé du remords d'auoir cauſé ſa perte,

Ma teſte à ſes bourreaux ſeroit bien toſt offerte:

Si ſon ambition ſe pouuoit aſſouuir,

Et nous rendre le bien qu'il nous vient de rauir.

Mais ſon cœur eſt bruſlé de feux illegitimes,

Son iniuſte puiſſance eſt eſclaue des crimes.

Il met tout en vſage, il ſe croit tout permis,

Il les commettra tous s'il ne les a commis:

Mais ie le vay prier que ſon eſprit ſe dompte,

Qu'en ma perte, il acheue à ſignaler ma honte,

O iuſtice! ô deuoir! touchez-le par ma voix,

Ie vous conduits à luy pour la derniere fois.

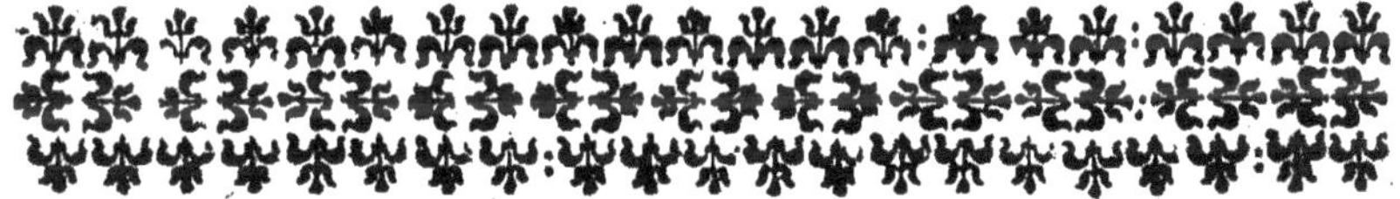

SCENE V.

DEMARETTE.

ENtre leurs paſſions mon ame eſt partagéé,
Pour tout les deux enſemble on me voit affli-
    géé;

Pour l'vn ie fais des vœux, pour l'autre ie me
    plains,

Auec vn ie m'aſſeure, auec l'autre ie crains.

Et ne gardant plus d'ordre en ce deſordre extréme,

Ie crains pour tout ensemble, & ie crains pour moy
   mesme.
Quoy qu'ordonne le Ciel, leur sort sera le mien,
Et s'ils ne sont contents ie n'auray pas de bien;
Prends pitié de ma peine, ô Ciel, qui vois ma
   crainte,
Oste m'en le subiet, rauis d'entre-eux la plainte,
Fay que le plus puissant, n'attente aucun effort,
Ou fais que le plus foible obeysse au plus fort,

SCENE VI.
TIMOLEON.

Lasche, lors que ton frere en secret te conseille,
Tu n'ouures donc la bouche, & ne prestes l'o-
   reille,
A d'autres sentimens qu'à se rire de moy,
Tu me traites d'esclaue, & tu parles en Roy;
Quoy? lors que ie te porte vn conseil salutaire,
Ton orgueil insolent, m'ordonne de me taire.
Alors que ie m'oppose à ton iuste trépas,
Ton vain esprit se moque, & ne m'escoute pas;
Tu rougis de m'entendre, & tu me fais iniure,
Quand i'escoute pour toy, la voix de la nature;

Mon amitié se monstre où ta haine paroist,
Et ton mépris augmente alors qu'elle s'accroist,
O Ciel! qui vois le trouble, où mon ame est reduite,
En cette incertitude esclaire sa conduite,
Et me fais reconnoistre en cette extremité,
Si ie dois perdre vn frere, ou nostre liberté;
Il est iuste qu'vn peuple à son aesir perisse,
Ou que ce Tyran meure auec son iniustice,
Detache mon esprit du deuoir, ou du sang;
Qui dans mes sentimens tiennent vn mesme rang.
Mais Dieux! que cét effort est d'vne rude espreuue,
Dans l'embarras estrange où ma raison se treuue:
Mon cœur outré de dueil qui ne consent à rien,
Sans commettre vn grand mal, ne peut faire vn
   grand bien.
Si i'espargne mon sang, mon ame est criminelle,
Si ie fais mon deuoir elle sera cruelle.
O deuoir! ô mon sang! que voules-vous de moy?
L'vn & l'autre à son tour me fait pancher à soy:
Que par eux mon esprit souffre de violence,
Tous deux esgalement le tiennent en balance:
Mon cœur pour tous les deux se fend par la moitié,
Tantost pour le debuoir, tantost pour l'amitié:
Dieux! lequel chasseray-je, & lequel dois-ie
   croire,
Pour qui sera la perte, & pour qui la victoire:
Qui de ces deux partis aura plus de pouuoir?

Enfin qui regnera le sang, ou le deuoir?
O deuoir! ie me rends, ta force est la plus grande,
La raison me l'ordonne, & le Ciel le commande
Malgré mon amitié ie me range vers toy,
Tes iustes interests se presentent à moy,
Ie sçay que perdre vn frere est vn crime execrable,
Mais si sa mort deliure vn peuple miserable,
Si c'est vanger les Dieux, punir la trahison,
Ie croy qu'on le peut faire & suiure la raison.
Toy qui te vois captiue aues tes propres armes,
Corinthe où le sang coule & se mesle à des lar-
    mes,
Qui perdant ta franchise as perdu tous les biens,
Et qui sers de prison, & de sepulchre aux tiens;
Pour gagner dans mon ame vne insigne victoire,
Qui serue à ta vangeance & releue ta gloire,
Dans ta calamité parle, ou bien te fais voir,
Auec tous les mal'heurs qui peuuent s'esmouuoir.
Mais pourquoy desirer, & sa voix & sa veuë?
Corinthe à mon regret, ie t'ay trop entendue:
Tes morts & tes viuants me disent à tous coups,
Deliure ton pais, vange toy, sauue nous.
Esprits appaisez-vous aux tombeaux où vous
    estes,
Viuans cessez les pleurs, & les cris que vous faites.
Ce que vous desirez, vous l'allez obtenir,
Vostre cruel Tyran sort de mon souuenir.

Toy que nous eſtimons plus che re que la vie,
Grace aymable des Cieux, que l'on nous a rauie :
Felicité ſupréme, & qui naiſt auec nous,
Et dont la iouyſſance a des attraits ſi doux,
Liberté miſe aux fers auec tant de furie,
Gloire de la iuſtice, amour de la patrie !
Et toy ſang innocent reſpandu par les mains,
Du plus traiſtre des Grecs, & de tous les humains,
Fidelité promiſe, & qu'il n'a point tenue,
Pieté vers les Dieux à ce monſtre incognue :
Mépris qu'il fait de moy, horreur, crainte, pitié,
Souſtenez mon deuoir contre mon amitié :
Faites-moy conſentir que ce Tyran ſuccombe,
Que d'vn iniuſte Throne il aille ſoubs la tombe.
C'ét fait voſtre deſir ne ſe peut refuſer,
Mais vous m'excuſerez ſi l'on peut m'accuſer,
Eſchilles ta valeur finira nos diſgraces.
Ie m'en va te mander ce qu'il faut que tu faces.
Mon bras pour s'exempter de produire ce bien,
En veut donner la gloire à la force du tien.

SCENE.

SCENE VII.
ESCHILLES Seul.

REpasse dans ta chambre attendant qu'il re-
	uienne,
C'est icy que sa perte empeschera la mienne:
En ce lieu ce poignard me fera la raison,
De son amitié feinte, & de sa trahison.
Mais quelle repugnance en mon cœur semble nai-
	stre,
De peur d'estre trahy, l'attaqueray-ie en traistre?
S'il n'est pas criminel, le dois-te deuenir;
Vay-ie l'assassiner, ou le vay-ie punir?
Que ce doubte est fascheux ; mais, Dieux! qu'il est
	estrange!
O ma ville ! ô ma sœur ! il faut que ie vous vange,
Ouy, quoy qu'il en puisse estre, ou qui puisse arriuer,
Ie suis trop aduancé pour ne pas acheuer.
Mais de peur qu'il n'eschape à ma iuste furie,
Prétons par fois l'oreille & la tapisserie :
Pour sçauoir son retour à prendre bien mon temps,
Mais i'oy du bruit, on monte, et c'est luy que i'entẽs,
Cachons-nous tout à fait.

H

SCENE VIII.

TIMOLEON, ESCHILLES,

TIMOLEON.

Appaise ta colere,
Aurois-tu bien le cœur de voir mourir ton frere?
La Iustice condamne vne telle action,
Laisse aux Dieux la vangeance, & la punition.
Mais lâche, mais timide, apprends de ta misere,
Puisque c'est vn Tyran, que ce n'est plus ton frere;
Il a perdu ce tiltre en sa brutalité,
Trahis qui t'a trahy, quitte qui t'a quitté.
Surprens qui t'a surpris, ris de qui te mesprise,
Cherche tous les moyens de r'auoir ta franchise:
Et pour seruir ta ville en l'extréme danger,
Destruis qui la destruit, perds-le pour la vanger:
Bien que ton cœur replique à ce honteux supplice,
Commence par ton frere à faire la iustice.
Et monstre par l'effet du dessein que tu prens,
Que tu nâquis pour vaincre & punir les Tyrans.
Ouy, puisque cette plume à mes mains s'est offerte,
Tyran ie vais souscrire à l'arrest de ta perte,

Eschilles tu verras par ce funeste escrit,
Que le salut du peuple a vaincu mon esprit.
O mon frere ! ô mon frere, où me vas-tu reduire,
Ie fis naistre ta gloire & ie la veux destruire.
O mon frere ! ô mon frere, à quoy me resous-tu.
Pourquoy n'as tu suiuy ta premiere vertu.
Di moy que veux-tu faire, est-ce donc ton enuie
Que ta rigueur me force à te priuer de vie.
Pleurez, mes yeux, pleurez son mal'heureux tre-
    pas,
Et donnez-luy des pleurs qu'il ne merite pas;
Mais le sommeil se mesle auec l'eau de mes larmes,
Il m'attaque, il me force à ressentir ses charmes;
O sommeil! ta douceur ne me peut secourir,
Ny m'obliger beaucoup, sans me faire mourir;
Laisse-moy, toutesfois ie ne m'en puis deffendre,
Hors l'assoupissement qui me vient de surprendre:
Depuis que d'vn ingrat ie suis abandonné,
Les heures du repos ne m'en ont poin donné.
D'où vient ce changement, quelle est cette merueille,
I'ouure les yeux sans voir, ie parle & ie sommeille?
Et bien, il faut souffrir ce naturel effort,
Et dormir s'il se peut du sommeil de la mort.

ESCHILLES.

Il dort, & de ses mains il couure son visage?
L'occasion est belle, arme-toy mon courage.
Approche, enfonce-luy ton poignard dans le cœur,

H ij

Il lit la let-
tresui-
uante.
Mais que vois-ie, lisons ce qu'escrit ce trompeur.
Nostre ennemy commun n'a pas voulu m'enten-
dre,
C'est au dernier remede, à quoy l'on doit s'atten-
dre.
Ma pitié desormais n'opposera plus rien,
Reuoyez nos amis en toute diligence,
Afin que rien ne manque à nostre intelligence:
Faites vostre deuoir & ie feray le mien.

Apres a-
uoir leu
il pour-
suit.
O Dieux ! qu'allois-ie faire, ô mon ame confuse,
Condamne la fureur dont cét escrit t'accuse:
Mais escriuons dessus, nostre iuste desir,
Il verra ce qu'il gaigne en nous faisant plaisir.

Ayant
escrit il
plantele
poignar
auec
L'escri-
ture sur
la table
disant.
Laissons luy ce poignard auec nostre escriture,
Il s'espouuentera d'vne telle aduanture,
N'importe, cette crainte obtiendra le pouuoir,
De resoudre son ame à faire son deuoir.
Sortons.

TIMOLEON s'esueillant.

Que mon sommeil n'est guere delectable ?
Mais deuoit-il fermer les yeux d'vn miserable ?
Vn cœur que la cholere agite incessamment,
Peut-il dans ses mal'heurs reposer vn moment,
Helas ! c'est de ma perte vn signe indubitable,
Mais qui peut auoir mis ce poignard sur ma ta-
ble.

TRAGICOMEDIE 6r

Que voicy d'escriture est-elle de ma main?

Il lit. Il lit.

Lors qu'vn bras se leuoit pour te percer le sein,
Le bien que tu veus faire a conserué ta vie,
Que ce poignard t'oblige à suiure ton enuie.
Les Dieux veulent de toy l'effet de ton dessein,
O cruelle demande , effroyable aduanture,
Le ciel est donc contraire aux loix de la nature,
Mon esprit sur ce point ne peut estre esclaircy ,
Ha! sans doute les Dieux agissent en cecy.
Ie ne puis l'empescher, amitié, sang, nature;
Vous estes sans puissance apres cette aduanture;
Mon frere me distrait par sa brutalité,
De destourner ces coups de sa fàtalité:
La raison dans son ame est tellement bannie,
Il affecte si fort le nom de tyrannie,
Que malgré mes conseils, qu'on luy voit desdai-
gner,
Il ne peut se resoudre à viure sans regner.
Mais Corinthe resiste à son humeur hautaine,
Elle abhorre si fort la grandeur souueraine
Quelle veut estre libre, & ne sçauroit souffrir,
Qu'vn Tyran la maistrise & regne sans mou-
rir.
Ainsi tout veut qu'il meure , ainsi tout me conuie,
Il est si redoutable & si traistre à sa vie,
Qu'il ne peut quãd les Dieux le voudroiët secourir,

Il pour-
suit a-
pres a-
uoir lú.

H iij

Ny viure sans regner, ny regner sans mourir.
Fay ce qu'on te demande , ou plustost qu'on t'or-
*   donne,*
Abandonne celuy , que le Ciel abandonne;
Vn bras , qui s'est leué pour te percer le sein;
T'oblige d'acheuer ton genereux dessein.
Le bien que tu veux faire a conserué ta vie ,
Mon frere, ton trépas doit estre mon enuie ,
C'est au peril du mien , que ie l'ay differé ,
Si ie l'empesche encor , le mien est asseuré.
La mort est necessaire & ie me l'attribue ,
Ton orgueil le merite , & tout y contribue.
Terre , Ciel , hommes , Dieux , puisqu'il faut le
*   trahir,*
Ie consents de le perdre, & de vous obeyr.

Fin du troisiesme Acte.

ACTE IV.

TIMOPHANES, TIMOLEON,
ESCHILLES, MELINTE.
LISANDRE, ESCHILLISE.

SCENE PREMIERE.
TIMOPHANES Seul.

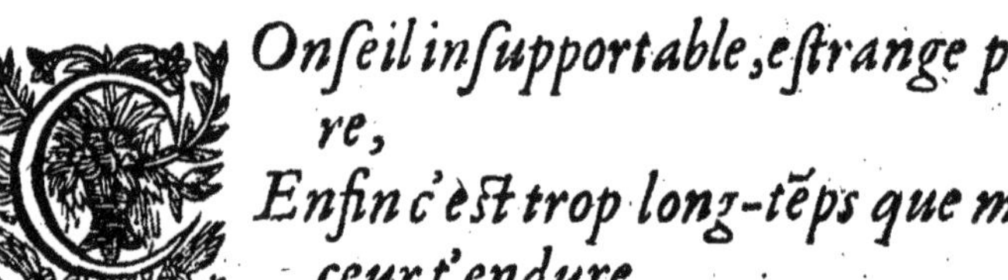

Onseil insupportable, estrange procedu-
re,
Enfin c'est trop long-tēps que ma dou-
ceur t'endure.
Et tout autre qu'vn frere en ce discours suspect,
Auroit perdu la teste en perdant le respect.
Quoy? me persuader par vne erreur extréme,
Qu'il faut que ie me rēde ennemy de moy-mesme;
D'auoir iusqu'à ce point le courage abbatu?
De quitter laschement le prix de ma vertu.
Dans ce conseil iniuste, & si peu necessaire,
Faut-il que ie l'estime ou lasche, ou temeraire,

Et me dois-je moquer de sa temerité,
De son extrauagance, ou de la lascheté?
Dois-ie mettre en effect ses vaines remonstrances,
Au plus haut de ma gloire & de mes esperances?
Comme ce foible esprit manqueray-ie de cœur
Cederay-ie aux vaincus la gloire du vainqueur?
Moy qui sceus l'acquerir auec que tant d'audace,
Pour songer & commettre vne action si basse,
D'vn extréme dans l'autre il me faudroit passer
Establir vn Empire & puis le renuerser.
Ie presume plustost au conseil qu'il m'en donne
Que son esprit ialoux de l'heur qui m'enuironne.
Veut que ie m'en despouillé afin d'y paruenir,
Mon ame, en dois-je rire, ou l'en doisie punir?
Non, pour estre forcé d'en venir à ce terme,
Ie le trouue trop foible, & ie me sens trop ferme.
Si Corinthe n'abisme on ne peut m'esbranler,
Destitué de force il aura beau parler;
Ie fermeray l'oreille à tout ce qu'il peut dire,
Attentif d'autre part d'accroistre mon empire.
Sans implorer son aide, ou chercher son appuy,
Ie mettray tous mes soins à l'affermir sans luy;
Qu'il en soit enuieux, ie suis sans défiance,
Quelque dessein qu'il ait, ie sçay son impuissance.
Quoy que ce fol Censeur propose à l'aduenir,
Ie n'en feray que rire au lieu de le punir.
Toutesfois ie conclus peut-estre à mon dommage,

Si

Si son ame s'accorde auecq; son langage.
Il osera passer au gré de ses souhaits,
D'vn discours qui m'offence à de plus grands
effets:
Mais ie veilleray dans le mal qu'il m'appreste.
Ie feray retomber l'orage sur sa teste.
Pour me faire sçauant de ses intentions,
Ie verray de si prés toutes ses actions:
Que si d'vne parolle il choque ma puissance,
Sa mort signalera, son crime, & sa vangeance,
Pour n'estre preuenu, ie le dois preuenir,
En m'obligeant à craindre, il m'oblige à punir,
Ie n'escouteray plus l'amitié fraternelle,
Ie suis sourd, incensible, & sans respect pour elle,
Et le mal que i'en crains tomberoit dessus moy,
Si ie la preferois au dessein d'estre Roy.

SCENE II.

TIMOPHANES, LISANDRE,

TIMOPHANES,

AVray-je cette ingrate, & faut-il que i'espere?

LISANDRE.

Ouy Sire, ie lay prife en parlant à fon Pere,
Mefme ie l'ay conduite où vous m'auiez prefcrit.

TIMOPHANES.

Enfin ie dompteray cét orgueilleux efprit.
Rien n'eft plus comparable au bon-heur de ma vie,
Si ce diuin obiect contente mon enuie?

LISANDRE.

Mais Sire, il n'eft pas temps de fonger aux plaifirs,
Vn obftacle nouueau s'oppofe à vos defirs :
Melinte m'a fuiuy fans monftrer de contrainte,
Et fans me témoigner ny defplaifir ny crainte,
Son efprit fembloit calme, & fon œil affûré
N'auoit rien que d'aymable, & que de moderé;
La trouuant fi facile à reffuyer fes larmes,
Ie vous croyois des-ja poffeffeur de fes charmes.
Mais lors que l'apparence affuroit ce bon-heur,
Elle premeditoit de fauuer fon honneur,
Sans que i'euffe preueu, ny connu fa penfée.
Au cofté d'vn des miens elle s'eft eslancée.
Et puis s'en retirant d'vn efprit plus qu'humain,
Vn poignard qu'il portoit a paru dans fa main.
Hauffant le bras alors d'vne viteffe extréme,
Son vifage adorable eft deuenu tout blême.

Sa bouche en ce defordre a proferé ces mots,
Traiftres permettez-moy que ie meure en repos?
Ou fi vous m'approchez cette funefte lame
Vous laiffera mon corps, fans chaleur & fans ame,
Allez dire au Tyran qu'auiourd'huy la vertu,
Sera victorieufe & le vice abbatu.
Apres cette menace elle s'eft esloignée,
Dans l'ardeur de mourir qu'elle m'a tefmoignée.
Sire, prefcriuez moy, quel ordre il faut tenir,
Pour empefcher fa perte?

TIMOPHANES.

Il te faudroit punir,
Infenfé, negligent & lafche mercenaire.
Meurtrier de mes plaifirs il eftoit neceffaire,
D'obferuer mieux celuy que ie t'auois donné,
Mais puif que ton efprit t'auoit abandonné:
Va, fonge a reparer la faute qu'il a faite;
Il y va de ta mort, fi fa main la maltraite.
Retrouue les moyens de m'en rendre vainqueur,
Pour me rendre la paix, que tu m'oftes du cœur.
Que contre Philarque au milieu de la ruë,
Vn poignard fur la gorge, & qu'elle en ayt la veuë
Tâche par cét obiet, d'efbranler fes efprits,
Si l'ingrate perfifte au deffein qu'elle a pris:
Que rien ne la flechiffe & que rien ne l'eftonne,
Acheue fans pitié l'ordre que ie te donne.

Sans regarder les pleurs, perce de mille coups
Le cœur d'un detestable & criminel espous,
Si cette fin tragique, est d'une autre suiuie?
La mort qu'ils souffriront conseruera ma vie.
En finissant leurs iours ma peine finira.
Va, mais non, ne va pas, quoy? Melinte mourra.
O beauté! trop aimable, & trop peu reuerée.
Passion violente, ardeur demesurée.
Quoy? Melinte verroit par vostre iniuste effort,
Dans ma flame naissante un principe de mort.
Desirs cruels, enfans d'un œil que i'idolastre,
Sentimens furieux d'un cœur opiniastre.
Que vous accordez mal dans mon ressentiment,
Les voluptez d'un Prince aux deuoirs d'un amāt;
Voulez-vous aux despens du repos de mon ame,
Contenter vos rigueurs sous le nom de ma flame.
O Melinte! serois-ie un glorieux vainqueur,
De posseder ton corps sans posseder ton cœur;
Non, mais ie veux reuoir cette desesperée,

LISANDRE.

Seigneur c'est luy porter une mort assurée.
Mais par cette fenestre elle vous pourra voir,
Il l'a faut appeller Melinte.

SCENE III·

TIMOPHANES, MELINTE, LISANDRE.

TIMOPHANES.

>>> *Mon espoir?*

MELINTE.

Que me veux-tu perfide?

TIMOPHNES.

>>> *O beauté sans pareille!*
O Melinte! ô mon ame! adorable merueille,
Delices de mes yeux.

MELINTE.

>>> *O supplices des miens!*
Viens tu pour m'arracher le poignard que ie tiens,
Dis? viens-tu pour accroistre, ou pour finir ma
peine?
Ton cœur est-il passé de l'amour à la haine?
Viens-tu de ta main propre abreger mes ennuis.

Et me vois tu sans crainte en l'estat où ie suis.
Croyois-tu que Melinte eust recours à des larmes,
Et que pour sa deffence elle seroit sans armes;
Et que c'étoit assez pour vaincre sa rigueur,
D'emprisonner son corps pour acquerir son cœur;
Le Ciel monstre impudique, est ennemy des cri-
    mes,
Sa bonté fauorise aux desseins legitimes:
Par la disgrace mesme, il nous peut secourir,
Et n'est pas rigoureux de me faire mourir.
Quand d'vn plus grand mal'heur, le trespas nous
    deliure,
C'est peu lâche, c'est peu, que de cesser de viure.
Soule, soule tes yeux, du spectacle inhumain,
D'vne femme reduite à mourir de sa main;
Si ce desir t'ameine, infame ie suis preste,
Adieu mon cher Philarque.

TIMOPHANES.

                Arreste ingratte, arreste,
Ie ne viens pas icy pour te solliciter,
Au funeste dessein que ton cœur doit quitter,
S'il faut que la fortune exerce son empire,
Et que l'vn de nous meure ordonne que i'expire.
Ie consentiray mieux à la perte du iour,
Qu'à celle de l'obiet qui cause mon amour;
Ie deteste ce crime, & ie crains ce dommage,

Mon cœur qui te reuere & qui te rend hommage,
Cest obiet de ta haine & des rigueurs du sort,
Consentira plustost à la fin qu'à ta mort;
Ie l'offre de victime aux efforts de ta rage,

MELINTE,

Tu n'en ferois rien traistre? apprends que mon
  courage,
Accepteroit cét offre auec plus de plaisirs,
Qu'il n'a conçeu d'horreur de tes sales desirs:
Mais cette belle fin te seroit glorieuse,
Et deshonnoreroit ma main victorieuse.
Il faut que plus de honte accompagne ton sort,
Et qu'vne horrible vie aye vne horrible mort.
Mais ie voy dans tes yeux le destin de ta perte,
Et la fin des mal'heurs où mon ame est offerte.
Le Ciel qui se prepare à vanger mon affront,
Imprime le portrait de la mort sur ton front.
Mais d'vne mort hideuse & pleine d'infamie,

TIMOPHANES.

Qu'elle paroisse donc cette main ennemie,
Qui doit couper la trame, & qui te vangera,
Pourueu qu'elle te plaise elle m'obligera.
Mais ton desir te flatte, & ton espoir te trompe,
Ordonne ta vangeance auec que plus de pompe;
Commande à ma main propre, elle te va t'obeyr,

TIMOLEON

Donne moy cette lame.

MELINTE.

Ha! tu me veux trahir
Tyran iniurieux ie connois ta malice,
Ie ris de ta priere & de ton artifice:
Et ce glorieux fer dont tu me veux priuer,
Dans vn sang criminel ne le doit pas lauer.
Corinthe qui fera ma vangeance & la sienne,
N'y doit pas employer ny ta main ny la mienne:
Celles qui t'ont armé s'armeront contre toy :
Et t'osteront le Sceptre apres t'auoir fait Roy,

TIMOPHANES.

Le sang de tous les tiens calmera cét orage,

MELINTE.

Et le tien, des tiens mesme assouuira la rage.
Ma voix t'oze predire vn assuré trépas,
L'éspoir de ce bon-heur ne me trompera pas:
Va, monstre sanguinaire, execrable & sans ame,
Ie ne sçaurois souffrir le discours de ta flame.
Porte ailleurs ta presence, odieux à mes yeux,
Et t'en va contenter la iustice des cieux.
Ton supplice est tout prest.

TIMOPHANES.

Et le tien se prepare.
Mais elle se retire, ô cruelle! ô barbare!

Quoy

Quoy mes submißions n'ont rien peu sur ton cœur,
Et bien tu connoistras ce que peut ma rigueur:
C'est d'vn amour extréme, vne Loy souueraine,
Celle qui la meprise est digne de ma haine:
Va Lisandre que mon ordre à ce coup soit suiuy
Et rends moy si tu peux ce que tu m'as rauy.

SCENE IV.

TIMOPHANES, ESCHILLES,

TIMOPHANES.

MAis voicy la Reyne, ô surprise importune!
Ne luy declare pas sa mauuaise infortune:
Amour fais que son cœur ne lise pas au mien.
Le feu qui me deuore estoufferoit le sien.
Obiet de mes desirs, & mon amour vnique:
Dieux! qui te rend si triste, & si melancolique?
Est-ce que mon bon-heur n'agit pas à ton gré,
Nostre fortune arriue à son plus haut degré.
Mais ie proteste au Ciel qui nous a voulu ioindre,
Que cét esclat de gloire où tu me vois attaindre,
En seroit vn de honte, & de mespris pour moy,
S'il ne te faisoit Reyne alors qu'il te fait Roy.

K

ESCHILLISE.

Ha! Seigneur voſtre amour en ce point m'eſt bien
　deue,
Extréme pour extréme, elle vous eſt rendue,
Si ie ſuis vos plaiſirs, vous eſtes mon plaiſir,
Mon eſperance vnique, & mon dernier deſir:
Mais dedans le bon-heur que le Ciel nous enuoye,
Vous eſtes ma triſteſſe auſſi bien que ma ioye:
L'inconſtance du ſort m'obligeant à penſer,
Qu'alors qu'il vous eſleue, il peut vous abaiſſer:
Mais c'eſt encore plus outre, où va ſon inſolence,
Seigneur permettez-moy de rompre le ſilence.
Et que ie vous declare en ceſt heureux moment,
Ce qui meſle ma crainte, & mon contentement.

TIMOPHANES.

Vous le pouuez, Madame.

ESCHILLISE.

　　　　　　　　En l'eſtat où vous eſtes,
Des embuſches, Seigneur, vous peuuent eſtre fai-
　tes:
Soit, ou par negligence, ou par trop de bonté,
Vous relaſchez beaucoup de voſtre ſeureté.
Ce n'eſt pas ſans raiſon que mon ame apprehende,
De ce que ie perdrois l'importance eſt trop grande,
On ne peut vous abattre auec que moins d'effort,

Qu'en nous faisant souffrir vne tragique mort,
Ce mal'heur arriuant, ie mourrois sans me plaindre,
Ha! Seigneur, vous sçauez, qui vous auez à craindre.

TIMOPHANES

Mon frere, chere espouse est digne de pitié,
Beaucoup plus que d'enuie, o l'aimable moitié!
De quel œil vn perfide, vn espoux infidelle,
Peut-il voir les effets d'vnë amitiè si belle,
Et trahir sa constance.

ESCHILLISE.

                    O Dieux! mes bons amis
Ne seront au besoin, ny receus ny suiuis.
Des monstres furieux, menacent vostre vie,
Seigneur vous deuez craindre, & la haine & l'en-
  uie.
Ces deux fiers ennemis, tristes de vos proiets,
Soufflent l'ingratitude, aux cœurs de vos subiets.
Peut-estre en ce moment la rage les assemble,
Pour iurer vostre perte ils conspirent ensemble.
Le complot effroyable, en peut estre arresté,
Aux mains de l'iniustice, & de la cruauté:
Mais on le rendra vain pouruen qu'on le preuienne,
S'ils iurent vostre perte, ils ont iuré la mienne.
Vous m'en pouuez, deffendre en éuitant leurs coups,

Et vous m'abandonnez, n'ayant pas soin de vous :
Au nom de nostre amour, preuenez cét orage,
Si vous aimez le Sceptre, aimez vous d'auantage.
Moderez ce grand cœur, qui vous fait hasarder,
Ne marchez plus sans suite, ou faites-vous gar-
    der.
Pour conseruer l'honneur, de maistriser Corinthe,
Ioignez la défiance, au deffaut de la crainte,
Considerant les biens que vous auez soumis,
Vous regnez au milieu de tous vos ennemis.

TIMOPHANES.

Ie reçoy le conseil que vostre amour me donne,
Mais de qui me deffendre, où ie ne crains personne :
Vous proposez la crainte où ie m'en dois moquer,
En l'estat où ie suis, qui me pourroit choquer.
Sans estre accompagné d'vne suite importune,
Le respect & la crainte assurent ma fortune,
Corinthe est mon Palais, & toutes les maisons,
Pour tous les Citoyens sont autant de prisons,
Dissipez les ennuis où vostre ame se plonge,
Vous songez en veillant, & vous tremblez d'vn
    songe.
Il n'arriuera rien de ce que vous craignez,
Vous viues & ie vis, ie regne & vous regnez.
Mais que Corinthe en creue, & de haine, & d'enuie,
Que tout son peuple ingrat, veuille mal à ma vie

Ie foule sous mes pieds, sa haine & son amour,
Ie garderay sans eux, la couronne ; & le iour,
I'ay mis assez bon ordre à cette violence,
Tous ceux dont ma grandeur redoutoit l'insolence.
Et qui m'eussent peu nuire, on les a veu perir,
S'il en reste vn encore il est prest à mourir,
Mais vostre frere approche & ie vous congedie.

ESCHILLISE.

Seigneur songez à vous.
TIMOPHANES.

        Vous soyez plus hardie,
Et perdez cét ennuy qui paroist en vos yeux.

ESCHILLISE.

Pour le perdre bien tost i'allois prier les Dieux,
Ie poursuis mon dessein.

SCENE V.

TIMOPHANES, ESCHILLES,

TIMOPHANES.

      Tu ne dis mot, Eschilles,

TIMOLEON

ESCHILLES.

Ie crains que mes discours ne vous soient inutiles.

TIMOPHANES.

Pour t'ouurir mon esprit i'ay fait partir ta sœur,
Apprends donc que mon frere est tousiours mon
   Censeur.
Ie l'aduoue, entre nous son humeur m'importune,
C'est vn puissant obstacle à ma bonne fortune.
Ce fâcheux Orateur trouble mal à propos,
Le calme de mon ame & son propre repos.
Il fait de l'habille-homme & du grand Politique,
Et de l'interessé dans la chose publique :
Tu le dois aduertir de l'erreur qu'il commet,
Es du danger notable où luy mesme se met.
Je me verray contraint de punir son audace,
Mais, ô Dieux ! le voicy, faut-il que ie le chasse,
Escouteray-ie encor ses discours superflus,
Ouy, ie les entendray pour ne les ouyr plus.

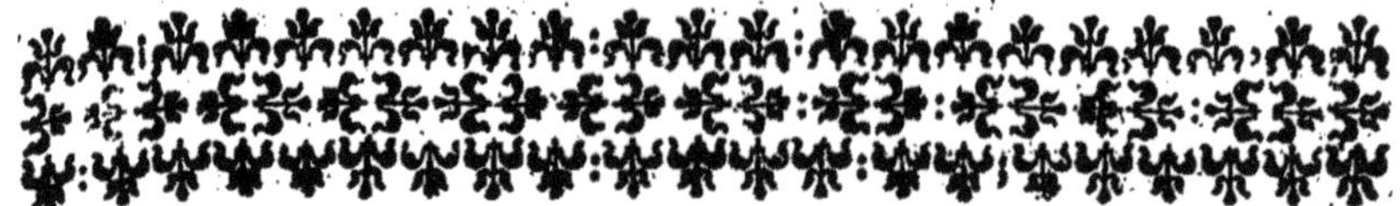

SCENE VI.

TIMOLEON, TIMOPHANES, ESCHILLES, ORTAGORES,

TIMOLEON.

Mon frere ſi ce nom eſt permis à ma bouche,
S'il t'eſt encore aymable , & ſi ce nom te touche.
S'il n'eſt pas effacé dedans ton ſouuenir,
Souffre que ma douleur puiſſe t'entretenir.
Entends mon amitié.

TIMOPHANES.

           Ie ſuis las de t'entendre,
Et ie n'ignore pas ce que i'en dois attendre,
Chaque heure, & chaque inſtant, m'en font voir les effets,
Blaſmer à tous moments les deſſeins que ie fais.
Voyant que la fortune à mon deſir ſe iouë,
Vouloir que ie m'abaiſſe au deſſous de ſa rouë.
Que i'abandonne vn Trône, où ie me ſuis monté,

Par les heureux efforts d'vn courage indompté.
Que de Prince abſolu ie deuienne vn eſclaue,
Que ie ſouffre qu'vn peuple à ſon deſir me braue:
en m'expoſant peut eſtre à ſes cruelles mains,
M'accuſer de trahir les Dieux & les humains.
Me rendre s'il pouuoit l'horreur de tout le monde,
C'eſt de ton amitié la douceur ſans ſeconde.
Et comme tu pretends m'aymer au dernier point,
Ie ſouhaitte pluſtoſt que tu ne m'ayme point.
Puiſque ton amitié rend ton ame inhumaine,
Change, fais-moy de grace vn preſent de ta haine.
Elle te doit porter à des conſeils plus ſains,
Et peut-eſtre qu'apres tu ſçaurois mes deſſeins,

TIMOLEON.

Non, mon affection ne peut eſtre de meſme,
Ie ne ſçaurois les ſuiure à cauſe que ie t'ayme.
Trompé de qui les ſuit auſſi bien que tes pas,
Tu te crois eſtre aymé, de qui ne t'aime pas!
Les conſeils des flatteurs obſcurciſſant ta vie,
Ne font rien pour ta gloire, ils font pour leur en-
   uie;
Qui flatte tes deſirs procure ton mal'heur,
Et ton ambition n'aſſouuit que la leur.
Tu dis qu'à tous moments ie veux noircir de blaſ-
   me,
Et tes faits, & ta gloire, & tu ſçais en ton ame:
                                           Quelle

Qu'elle peut mon estime à publier les faits :
Si ta trahison mesme en est vn des effets.
Mais reconnois l'erreur de ton iniuste plainte,
Tant de fausses couleurs dont tes discours l'ont
 peinte.
Et des reproches vains ne font que tesmoigner,
Ta passion estrange au desir de regner.
Quelle presomption ? pretendre vne couronne,
Sans que pour la porter, aucun droit te la donne.
Assubiettir vn peuple & s'en dire le Roy ?
Monte dessus vn Trône où l'on a veu que toy.
Tiens tu d'vn estranger la puissance vsurpee,
Doibs-tu cette conqueste aux coups de ton espée ?
Vois, où dessous tes pieds des Tyrans abbatus,
Te donne-on sa place admirant tes vertus.
Corinthe en ses mal'heurs a-elle peu connoistre,
Qu'elle eust besoin d'vn Roy, que tu le deuois estre.
Receut-elle des Dieux quelque aduertissement,
Qu'elle se deust soufmettre à ton commandement.
Si tous ces diuers points ne t'y font rien pretendre,
D'vn grand nombre de Roys t'auroit on veu des-
 cendre.
Dont le Sceptre approuué des hômes & des Dieux
T'eust donné le pouuoir de regner en ces lieux.
Si cest Empire enfin n'est pas ton heritage,
Et qu'il soit electif, est-ce ton aduantage.
Non par le droit du sang, il ne t'est point acquis,

On ne t'a point esleu, tu ne l'a point conquis.
Il ne t'est point donné, le Ciel comme on doit croire,
Ne te releue pas à si haut rang de gloire.
Et tu n'as d'autre droit au tiltre que tu prends,
Que de te vouloir mettre au nombre des Tyrans.

TIMOPHANES.

Outragé de l'iniure, & reduit au silence,
Piqué, confus, outré d'vne telle insolence.
Ie ne vous sçaurois dire en ce mortel affront,
Si sa honte ou la m enne a fait rougir mon front.
Mais malgré la colere où cest esprit me range,
Encore veus-ie respondre à ce discours estrange,
Et faire conceuoir a vos esprits plus sains,
Quel droit i'ay de regner, & quels sont mes des-
    seins.
Ie l'aduouë, il est vray, que Corinthe remarque,
Que nul iusqu'icy ne s'est fait son Monarque.
I'ay le premier honneur de cette dignité,
Mais aussi nul que moy ne l'auoit merité.
Quel salaire eust on peu donner à ma vaillance?
Vn Sceptre seulement en est la recompense?
C'est ce que ie merite ayant bien combattu,
Autres droicts de regner sont ceux de ma vertu.
Cesse i doux esprit de me porter enuie,
I'ay droit de commander à qui me doit la vie.
Ie regne iustement dessus des Citoyens,

Qui n'auroient plus sans moy de ville ny de biens.
Tant de fameux Heros qu'on a veu sur la terre,
Cheris comme les Dieux, crains comme le tonner-
   re,
Imdomptables, prudens, hasardeux, resolus,
Qui de mesme que moy se firent absolus:
Ces hommes excellents, & ces ames hautaines,
Ces illustres guerriers, & ces grands Capitaines.
Se sont assujettis des peuples comme moy,
Ont porté la couronne & le tiltre de Roy.
Les marques de leur gloire enuironnant leurs té-
   tes,
Les rendoit plus ardents aux illustres conquestes.
Ie les veux imiter & par mes actions,
Rendre ma nation benie des nations.
Combien en a t'on veu de ses Roys pleins de gloire ?
Dont le sang regne encore auec que la memoire;
Puisque toute la terre a ployé sous leurs mains,
Pour les mesmes effets i'ay les mesmes desseins.
Ne dis pas que ie fais vn acte illegitime,
Qui maistrise a raison, & qui dompte est sans cri-
   me.
La iustice tousiours accompagne le fort,
Le puissant a le droit, & le foible a le tort.
Mon Sceptre fera voir par l'heur qu'auront mes
   armes,
Ma vaillance à Corinthe, & l'erreur de ses larmes.

Ie releue ſa gloire en me faiſant ſon Roy,
Tous ceux qu'elle redoute auront crainte de moy.
Sa puiſſance eſt reſtrainɛte au milieu de la grace,
Il faut qu'elle ſe rende & qu'elle ſoit maitreſſe,
Et que deuant la gloire aux efforts de ma main,
Elle ſoit ſouueraine ayant vn ſouuerain.
C'eſt bien recompenſer ſa liberté rauie,
En conceuant pour elle vne ſi haute enuie.
I'eſpere de la mettre à ſi haut point d'honneur,
Qu'on verra tout le monde admirer ſon bon-heur.
Aprés qu'elle ſe plaigne, & que ſa plainte eſclatte,
En me le reprochant elle ſe monſtre ingratte.
I'ay donné ma ieuneſſe à cueillir ſes lauriers,
Ie m'y ſuis employé plus que tous les guerriers.
Dedans tous les perils où le courage appelle,
I'ay paru dans la lice, où i'ay vaincu pour elle,
Mais comme apres la courſe on ſe propoſe vn prix,
Par celuy qui le gaigne il eſt iuſtement pris.
La voyant trop tardiue à couronner ma teſte,
D'vn prix dont mon ſang propre auoit fait la con-
    queſte,
Moy-meſme ie l'ay fait, ie me ſuis couronné,
Qu'ay-ie pris aprés tout ? qu'elle ne m'ait donné.

TIMOLEON.

Mais c'eſt le plus cruel de ton ingratitude,
Ceux qui t'ont fait puiſſant ſont à la ſeruitude.

Qui te fut fauorable, exprime tes rigueurs,
Qui causa son bon-heur te doit tous ses mal'heurs.
Qui ce fioit à toy ne t'espreuue que traiſtre,
C'eſt auec tes eſgaux que tu traiſtes en maiſtre.
C'eſt leur ſang que ta rage a deſſein d'eſpancher,
Et c'eſt ce meſme ſang que tu dois eſtancher.
Tu veux vne couronne, & tu mets à la chaine,
Tu pretends que l'on t'ayme en eſpreuuant ta hai-
    ne.
Veux tu regir Corinthe eſtant ſon deſerteur,
Crois tu d'eſtre ſon Prince ou ſon perſecuteur.
Tu parles de ſa gloire, & tu l'as deſolée.
Doit-elle eſtre fidelle à ſa foy violée?
Quoy ? celuy qui l'afflige attend de proſperer,
Et qui deuroit tout craindre, oſe tout eſperer.
Rends, rends à ton pais ſa liberté rauie,
Rentre au premier honneur de ta premiere vie.
Pour meriter par elle vn eternel renom,
Quitte le nom de Roy, reprends ton premier nom.
Deuiens d'obiet de haine, obiet de bien-veillance,
Qui deteſte ton crime adore ta vaillance,
Corinthe t'ayme encor & ſon peuple trahy,
Te pourroit obeyr s'il auoit obey.
Ne ſois plus amoureux d'vn fatal diademe,
Si tu veux bien regner, regne deſſus toy meſme,
Si ton ame ſe dompte on te pardonnera,
Si tu te vains toy meſme on te couronnera.

Tu n'obtiendras iamais de plus belle victoire,
Elle te peut orner d'vne eternelle gloire.
Consents à ce bon-heur.

TIMOPHANES.

Toy, ne m'en parle plus.

TIMOLEON.

Quoy ? mon esprit s'applique a des soins superflus,
Ingrat, si ie te presse auec tant d'instance,
Le Ciel iuge de tout, en connoit l'importance.
Par raison ie m'obstine à t'en solliciter,
Ta puissance est fatale & tu la dois quitter.

TIMOPHANES.

C'est trop me declarer vne si lasche enuie,
Pour ta seureté propre & celle de ma vie.
Retire-toy d'icy.

TIMOLEON.

Cieux ! dois ie m'esloigner,

TIMOPHANES.

Autrement mon courroux te pourra témoigner,
Comme ie fais estat de ta poursuite vaine.

TIMOLEON.

Mais que t'ay-ie donc fait pour acquerir ta haine?

Si mes iuſtes conſeils l'a pouuoient animer,
Peux-tu mettre en oubly comme tu dois aymer,
Quãd pour te ſecourir mõ ſang quittoit mes veines,
Trouuois tu mõ ſecours, & mes pourſuittes vaines,
Toy qui m'en dois le iour?

TIMOPHANES.

    I'en perds le ſouuenir.
Comme toy le reſpect.

TIMOLEON.

   Que dois-ie deuenir?

TIMOPHANES.

Mon ame ſur ce point ſçait bien ce qu'elle en penſe.

TIMOLEON.

C'eſt donc vne cruelle & rigoureuſe offence.
De te vouloir contraindre à force de mes pleurs,
De te rauir toy meſme à tes propres mal'heurs.
Ha! ſonge que la Grece apart à cét outrage,
Et crois qu'vn ſi grãd peuple & ſi plein de courage,
De Corinthe & des ſiens ſecondera l'effort,
Qui le peut aſſeurer que tu ſois aſſez fort,
Pour ſouſtenir la guerre & faire reſiſtance,
A ce peuple animé d'vne iuſte vangeance.
Qui par tes cruautez ont ſon bon-heur perdu,
Sa liberté captiue & ſon ſang reſpandu.

TIMOPHANES.

Ha! c'eſt trop retenir mon courroux en balance,

ESCHILLES.

Amis preparons nous?

TIMOLEON

TIMOPHANES.

Ouy c'est trop d'insolence,
Perfide.

TIMOLEON.

Encore vn coup mon frere ? entends ma voix,
Par ce que ie te dis pour la derniere fois,
Deliure ton pays,

TIMOPHANES.

Ie cefferay de viure,
Si de tous tes pareils mon bras ne les deliure.

TIMOLEON.

Bien donc, ie t'abandonne à ton mauuais deſtin,

TIMOPHANES.

M'abandonner ! fans doute il parle auec deſſein,
Ce difcours me prefage vne fourde pratique,

ESCHILLES.

Ouy, mais qui va finir ton regne tyrannique.

TIMOPHANES.

M'abandonner, ô Dieux ! ces mots m'ont eſtonné,
Cœur de roche, inhumain, tu m'as abandonné:
qu'il meure, fuiueʒ-moy.

ESCHILLES.

Dieux ! fans fe reconnoiſtre ?
Il donne dans le piege allons percer le traiſtre
Teignons d'vn fang perfide, & ton fer & le mien,
Ne l'eſpargnons, non plus qu'il veut faire le fien.

Fin du quatriefme Acte.

ACTE V.

MELINTE, LISANDRE,

PHILARQVE, ESCHILLES, TIMOLEON,

DEMARETTE, ESCHILLISE,

MENANDRE, ORTAGORES,

SCENE PREMIERE.

MELINTE en prison.

N bruit confus, qui m'espouuante,
Esmeut toute la ville, & ie ne sçay
    pourquoy?
Melinte, c'est à tort que ton esprit se
vante;
D'estre pour ton Philarque vn prodige de foy.
Lasche, qu'attends-tu pour le suiure,
Rien ne te sçauroit secourir,
Est-ce que le desir de viure,
S'oppose à celuy de mourir.

M

Ceste clameur, d'hommes, & d'armes,
Que ton oreille apporte à ton espoir deceu;
T'auertist de mesler ton sang, auec tes larmes,
Et s'asseure d'vn coup que Philarque a receu.
Lâche qu'attends-tu pour le suiure,
C'est vn sort que tu dois courir,
Vne moitié cessant de viure,
Ordonne à l'autre de mourir.

Meurs donc auec ton esperance,
Et ne differe plus vn si iuste trespas,
C'est monstrer que l'on s'aime, & manquer d'asseu-
    rance;
D'estre si miserable, & de ne mourir pas.
Ouy, Philarque ie te vay suiure,
Mon ame c'est trop discourir,
Afin de commencer à viure,
Il faut acheuer de mourir.

SCENE II.
MELINTE, LISANDRE,
PHILARQVE.

MELINTE.

Mais ie voy mon Philarque, ô spectacle barbare!

PHILARQVE.

O Melinte! il est temps que la mort nous separe.

LISANDRE.

Voila vostre mary, disposez de son sort,
Le voulez-vous viuant, ou le voulez-vous mort?
Ne deliberez point, choisissez sans demeure,
Ou consentez qu'il viue, ou consentez qu'il meure.
Rendez-nous le poignard que vous nous auez pris,
Ou qu'il soit de sa perte, & la cause & le prix.

MELINTE,

Philarque choisis bien, c'est à toy d'en resoudre,
PHILARQVE.
Mon ame c'est à toy de lancer cette foudre,

Ordonne moy de viure, ou de ſouffrir la mort,
Mais dans l'vn ou dans l'autre accompagne mon
　　ſort.

MELINTE.

Philarque c'eſt aſſez, ie connois ton enuie,
Ie ſçay que ſans m'auoir tu n'aymes pas ta vie.
Sans toy ie hay la mienne, & ie la quitte auſſi,
Le choix eſt accepté, n'en ſois plus en ſoucy.
Noſtre ſang ſouïlle vn Tygre & non luy noſtre
　　eſtime.
Suiuons pluſtoſt la mort, que de ſuiure le crime.
Meurs pour moy, cher Philarque, & ie mourray
　　pour toy,
Teſmoignons à l'enuy la coniugalle loy:
Gloire de qui l'obſerue obiect des belles flames.
Tu ſepare nos corps, tu reioindras nos ames,
Noſtre ennemy iuré ne t'a peu reſpecter,
Il a creu que mon cœur te pouuoit deteſter.
Il a táché ſans fruit d'esbranler mon courage,
Et nous expoſe encore à ce dernier orage.
Mais quoy? pour conſeruer ton honneur & le mien,
La mort où l'on nous force eſt vn ſouuerain bien.
Toute l'horreur qu'elle a ne fait pas que ie tremble,
Vois Philarque.

PHILARQVE.

Attends-moy, que nous mourions enſemble.
La mort de ton Philarque auroit trop de rigueur,

S'il falloit que deux fois il veist percer son cœur.

MELINTE.

N'auray-ie pas l'honneur de mourir la premiere,

PHILARQVE.

Preuenez-la bourreaux, frappez à ma priere.

SCENE III.

ESCHILLES, PHILARQVE, LISANDRE, MELINTE, TIMOLEON.

ESCHILLES.

Liberté! liberté!

LISANDRE.

D'où procede ce bruit?

ESCHILLES.

De ses desloyautez il a receu le fruit,
Le traistre.

LISANDRE.

En ce mal'heur il faut prendre la fuite.

MELINTE,

Ha ! quel estonnement où mon ame est reduite,

PHILARQVE.

Dois-je doubter de voir, ou d'auoir entendu,
Eschilles ce secours n'estoit pas attendu,
Le Tyran est-il mort ?

        ESCHILLES.

        Ouy, crions tous ensemble.
Liberté ! liberté ! que le peuple s'assemble,
Timophanes percé par l'effort de nos coups,
Tous les siens dispersez s'enfuyent deuant nous :
Gardons cét aduantage, allons, il les faut suiure,
Et ne laisser pas vn qui ne cesse de viure.

        MELINTE.

Prends ce fer, cher Philarque, & me viens secou-
rir,

        PHILARQVE.

O toy ! sers nous pour viure, & pour faire mourir.

SCENE IV.

TIMOLEON seul.

P Ressé de desespoir, ma constance abattue,
Ayant ozé permettre vn meurtre qui me tue.

En vain ie me retire en des lieux escartez,
Mon crime & ses horreurs marchent à mes costez.
L'image de mon frere à mes yeux se presente,
L'œil trouble le teint pasle, & la bouche sanglante,
Mourant il semble dire à mon cœur estonné,
Cœur de roche, inhumain tu m'as abandonné.
Repasse, me dit-il, dessus cette aduanture,
Quel homme si cruel, quel monstre de nature,
Auroit peu sans pitié consentir au dessein,
De voir mettre à son frere vn poignard dans le
    sein.
En me precipitant du feste de ma gloire,
Quelle est ta recompense, ame perfide & noire.
D'vn laurier triomphant seras tu couronné,
Cœur de roche, inhumain qui m'as abandonné.
Vn meurtre memorable a deliuré Corinthe,
Mais aussi ton sang propre en a receu l'attain-
    te.
Ce desir fust iniuste, & lasche au dernier point.
Tu payes de ton sang ce que tu n'aurois point,
Ny repos ny plaisir, ne suiurant ta misere,
La liberté d'autruy t'a fait perdre ton frere.
Massacré par les tiens qui t'ont enuironné,
Cœur de roche, inhumain tu l'as abandonné.
Percé de mille coups dans ce mal'heur estrange,
On voit vn peuple esmeu qui le trainent en la fan-
    ge.

On voit par ces bourreaux les membres dispersez,
Nul touché de pitié ne leur dit c'est assez.
Ie voy qu'on le déchire auec que barbarie,
Et parmy ces tourmens en vain sa voix s'escrie.
Tire-moy des bourreaux à qui tu m'as donné,
Cœur de roche, inhumain qui m'as abandonné.
O pitoyable voix ! si sensible à mon âme,
Trop tard pour mon repos ta pitié me reclame.
Cher frere, elle deuoit preceder ton trépas,
Ie t'aurois escouté ie ne te perdrois pas.
Quand ie condamnerois ton orgueilleuse enuie,
Ie m'empescherois bien d'attenter à ta vie.
Quand mesme les Dieux me l'eussent ordonné,
Iamais ton frere ingrat ne t'eust abandonné.
Mais tu fus insensible à ma iuste requeste.
Tu m'as forcé cher frere à proscrire ta teste,
Ton trépas que ie cause a diuerty le mien,
Tu l'eusse fait toy-mesme, & i'ay permis le tien.
Les Dieux par vne iuste & funeste ordonnance,
Ont abattu le crime, & sauué l'innocence.
Mais le cruel effect qu'il en arriuera,
Qu'apres le criminel l'innocent perira.

SCENE

SCENE V.

TIMOLEON, ESCHILLES,

ORTAGORES

TIMOLEON.

Grands Dieux!

ESCHILLES.

A quel deſſein? nous quittez-vous de la ſorte?

TIMOLEON.

De plaindre mon mal'heur.

ESCHILLES.

    Que voſtre ame eſt peu forte.
Ceſſez de vous abattre en voſtre affliction,
Quoy? vous auez regret d'vne bonne action.
Pouuez-vous iamais faire vn acte plus illuſtre,
Le lauer de vos pleurs c'eſt effacer ſon luſtre.
Ayez moins de molleſſe en vn coup glorieux,
Qui vous gaigne l'amour des hômes & des Dieux.
Non ſeulemẽt Corinthe en ce iour vous contem-
ple,

Auec elle les Grecs vous dreſſeront vn Temple,
Tout le monde auec eux dedans l'Eternité,
Chantera voſtre gloire à la poſterité.
Perdez des ſentiments que nous trouuons eſtran-
    ges,
Venez-vous conſeiller au bruit de vos louanges,
De tous nos Citoyens vous eſtes attendu,
De qui vous receuez l'honneur qui vous eſt deu.

TIMOLEON.

Ha ! que de cét honneur ie fais bien peu d'eſtime,
En parlant de ma gloire, on parle de mon crime.
ſoit comblé de loüange, ou comblé de mépris,
Vn remords eternel troublera mes eſprits.

ESCHILLES,

Le remords inutile eſt vn ſubiet de blâme,
Il veut mal à propos embaraſſer voſtre ame:
Mais pluſtoſt donnez tréue aux pleurs que vous
    iettez,
Corinthe n'a point d'heur ſi vous luy regrettez.

TIMOLEON.

Vn frere que ie perds me demande ſes larmes;
S'il fuſt mort à la guerre en conduiſant vos armes,
Et qu'il euſt rendu l'ame, en combatant pour vous,
Son glorieux trépas, m'auroit ſemblé plus doux.

Enuironné de gloire, & non pas d'infamie;
Ie n'accuſerois pas la fortune ennemie,
Et vous n'auriez pas veu voſtre liberateur,
De la mort de ſon frere auoir eſté l'autheur.
Ha! qu'au reſſentiment de mon ingratitude,
Ie dois bien m'accuſer de trop de promptitude.
Vne autre main peut-eſtre, euſt rétably vos droits
Et ie n'en ſerois pas au trouble où ie me vois.
Dieux! pourquoy ſuis-ie nay dans ce mal'heur extréme,
D'aſſaßiner mon frere.

ESCHILLES,

      Ha! rentrez en vous meſme,
Vos pleurs aſſeurement ne ſont plus de ſaiſon,
Deuant cét accident qu'a fait voſtre raiſon,
Elle a paru ſi ferme & prompte à vous reſoudre,
Et quoy? voſtre courage a veu tomber la foudre,
Et vous ne trembliez pas au plus fort de ſes coups?
Qui vous priue de force?

TIMOLEON.

      O perfide! c'eſt vous
Eſchilles, ie ne perds ny raiſon, ny courage,
Mais ſi i'eus tant de force à ſouſtenir l'orage,
A preſent que mon ame en a ſenty l'effet,
Ie pleure le desbris que ceſt orage a fait.

TIMOPHANES.

Ie laiſſerois couler vos larmes & vos plaintes,

Si nous auions mis fin aux matieres de crainte :
Mais il nous reste encore à preuoir nos mal'heurs,
Vn soin si glorieux doit preceder des pleurs.

TIMOLEON.

Si cette ville a peur d'estre encore asseruie,
Vous y deuez mettre ordre & ie vous y conuie :
Mais de tout mon pouuoir i'ose vous supplier,
De me laisser remettre en mon particulier.
Ostez vostre presence à mon œil qui s'afflige.

ESCHILLES.

Adieu nous vous quittons.

TIMOLEON.

Vostre absence m'oblige,

MENANDRE.

Mais dans son desespoir,

ESCHILLES.

Il vaut mieux le quitter.

Aussi bien nostre aspect ne fait que l'irriter,

SCENE VI.

TIMOLEON Seul.

O Frere infortuné qui t'a rendu si lasche,
La colere t'anime & ton esprit la cache.

C'eſt n'auoir plus de cœur Dieux! qu'es tu deuenu,
Qui t'a rauy ta force, & qui t'a retenu.
Quoy? mon frere autresfois dans vne iuſte guerre,
Comme tes ennemis t'auoient porté par terre.
Ie fus à ton ſecours, i'empeſchay ton treſpas,
On te vient de tuer ie ne te vange pas,
Ie m'abandonnois lors pour conſeruer ta vie,
Que m'as tu fait deſpuis, qui m'ayt chargé d'en-
　uie.
O comble d'iniuſtice! où ie ſuis arriué.
Moy-meſme ie deſtruis ce que i'ay conſerué.
Ce n'eſt plus à mon bras à punir les perfides,
Ie dois eſtre compris auec tes homicides,
Ouy, qu'on faſſe perir ceux qui t'ont immolé,
Periſſant auec eux, ie ſeroisc onſolé :
Mais par qui receuoir cette douce allegeance,
I'ay fait faire le meurtre, & i'en dois la vangean-
　ce;
Si mon bras la recherche, il faut manquer de foy,
Renoncer à ma gloire ou me vanger de moy.
Dis-tu vray ma raiſon, faut-il que ie periſſe,
Quoy? ſecourir ſa ville eſt donc vne iniuſtice.
Auec ce que ie perds mon eſprit s'eſt perdu,
Suis-ie pas innocent, i'ay fait ce que i'ay deu.
Mon cœur ceſſe la plainte où ce regret t'emporte,
Mais Dieux! par quel mal'heur me vois-ie à cette
　porte,

Hà mere ! que i'ay mise en estat de pitié,
Qui pour ce fils superbe auoit trop d'amitié.
Si tu m'as apperceu que faut-il que ie fasse,
Dans le ressentiment d'vne estrange disgrace,
Tu viendras m'estourdir de tes gemissemens,
Ma presence odieuse accroistra tes tourmens.
Dieux ! l'effet de ma crainte, à mon mal'heur suc-
   cede,
A ce mal toutefois la fuite est le remede.

SCENE VII.

TIMOLEON, DEMARETTE,

DEMARETTE.

Arreste criminel, ne t'en fuis pas ainsi.

TIMOLEON.

Pourrez-vous me parler?

DEMARETTE.

     N'approche pas aussi.

TIMOLEON.

Craignez-vous mon abord?

DEMARETTE

Ouy , car il m'est funeste,
Ie l'espreuue auiourd'huy pire que n'est la peste.
Plus dangereux , horrible & cruel à souffrir,
Que des monstres affreux qui se viendroient offrir:
Mais malgré les horreurs ie veux souffrir ta veue,
A dessein qu'à tes yeux mon desplaisir me tue.
Perfide acheue icy de combler ta fureur,
Ne me viens tu pas mettre vn poignard dans mon
    cœur.
Apres m'auoir rauy la moitié de ma ioye ,
Que mon sang de mon sang est deuenu la proye.
Ie vois dans vn mal'heur si grand & si nouueau ,
Que ie te dois nommer mon fils , & mon bourreau.
Voila le grand profit d'vn illustre courage,
Mais plustost le desir d'vn homme plein de rage,
D'vn barbare , & d'vn Tygre.

TIMOLEON

Auant de m'accuser,
Ha! Madame , apprenez ce qui peut m'excuser.
Ce que i'ay soustenu deffend qu'on luy prefere,
Soy mesme , femme, enfans frere , sœur , pere , &
    mere.
Veut qu'on renonce à tout , pour seruir son pays
C'est pour la liberté.

DEMARETTE.

Que tu nous a trahis.

Qu'on t'a veu deuenir dans ce mal'heur extréme,
L'horreur de tout le monde, & celle de toy-méme.
Vn frere, perdre vn frere, ô Dieux! on voit armer
Le sang, contre le sang, qui pourra plus aymer.
Je connois ton esprit, l'orgueil, la ialousie,
L'ambition, la rage, ont meu ta fantaisie;
Il te faisoit obstacle, & tu l'as abattu,
Pour occuper vn Trône, acquis à la vertu.
La gloire de ses faits, l'eust rendu legitime,
Tu veus auoir sa place en faueur de ton crime.
Accourez, Citoyens, couronnez ce guerrier,
Mais plustost, punissez cét infame meurtrier.
Pour sauuer son pays, dans vn peril extréme,
Il n'a consideré, ny les siens, ny soy mesme;
Il dit vray, Citoyens, il les veut perdre tous,
Mais sa voix vous abuse, il se moque de vous.
Quoy? que vous esperiez, & qu'vn traistre propo-
se,
La liberté publique en est la moindre cause.
Feignant de vous sauuer, il veut vous asseruir,
Et que vous luy donniez, ce qu'il n'osoit rauir.
C'est pourquoy son sang propre a senty la furie,
Il ne peut s'accuser de cette barbarie,
L'attentat du perfide est trop mal d'équité,

Et

Et le salut des siens, ne peut l'auoir causé.
Credules Citoyens, quels mal'heurs sont les vo-
    stres,
Vous euitez les vns, & rentrez dans les autres.
Vous perdez vn Tyran, c'est vostre pire sort,
Puis qu'vn lasche succede où le vaillant est mort.

TIMOLEON.

Pour estre moins sensible au trépas de mon frere
Madame, oubliez-vous que vous estes ma mere.
Songez à mon honneur.

DEMARETTE.

       Qui t'a peu retenir.
Lors que tu le perdois de t'en ressouuenir,
Sçachant de quels ennuys ie serois tourmentée,
Ta brutale fureur s'en est elle arrestée.
Tu tiens le iour de moy traistre, c'est tout mon
    dueil,
De t'auoir mis au iour sans te mettre au cercueil.
Ie pouuois preuenir ce que tu deuois estre,
Faisant en mesme temps naistre & mourir vn
    traistre.
Naissant ie t'embrassois, ie deuois t'estouffer,
Et donner aux enfers vn monstre de l'enfer.
Mais ie n'auois qu'eux deux d'vn loyal Hymenée
Mon amitié pour eux, auec eux estoit née.

En deux esgales parts elle se faisoit voir,
L'vne par ton forfait reuient en mon pouuoir.
Pour comble de misere en ce retour funeste,
Ie ne sçaurois le ioindre à celle qui me reste:
Le mort pour le viuant destruit mon amitié,
Ie n'aime plus vn tout dont ie perds la moitié.
Le viuant criminel me comble de rage extréme,
De regrets pour le mort, & d'horreur pour le mes-
    me.
Ainsi dans le mal'heur qui me va poursuiuant.
Ie pleure & i'ay perdu le mort & le viuant.

SCENE VIII.

DEMARETTE, PHILARQVE,

TIMOLEON, MELINTE, MENANDRE,

PHILARQVE.

ENfin nous le trouuons le miracle des hommes,
Cest honneur de la Grece, & du siecle où nous
    sommes.

DEMARETTE.

Quoy ? ce bourreau des siens.

PHILARQVE.

Gloire de ton païs.

MENANDRE.

Toy qui nous a sauuez?

DEMARETTE.

Toy qui nous a trahis.

MELINTE.

Secours des affligez.

DEMARETTE.

Cause de mes tristesses,

PHILARQVE.

S'il faut à vos biens faits esgaller nos caresses.
Nous aurons trop peu fait d'embrasser vos genoux

DEMARETTE.

Ouy c'est peu, qu'on l'immole à mon iuste courroux.

MELINTE,

Seigneur nous vous deuons & l'honneur & la vie,

DEMARETTE.

Il a souffert qu'vn frere eust la clarté rauie.

PHILARQVE.

Voſtre vertu nous ſalue & ce petit deuoir,
Sera le moindre droit que l'on doit receuoir :
Mais pour le reconnoiſtre & dire ſes louãges,
Quels peuples, & nos vaiſins, & quels hommes
    eſtranges.
Reconnoiſtront aſſez la gloire de vos faits,

DEMARETTE.

Quels hommes, & quels Dieux ſouffriront les for-
  faits.

PHILARQVE.

Ainſi noſtre impuiſſance eſt ce qui nous excuſe,

TIMOLEON.

Et que mon crime eſt grand, tout le mõde l'accuſe.
Ceſſez de m'eſleuer à plus que ie ne vaux,
Et ceſſez de mesler vos plaiſirs à mes maux.
Voſtre ame eſt ſatisfaicte, & la mienne ſouſpire,
Voſtre felicité veut que la mienne expire.
Tous vos contentemens ioignent à mon mal'heur,
Reproche ſur reproche, & douleur ſur douleur.

DEMARETTE.

O des Dieux offencez ! la prouidence haute,

TIMOLEON.

Ceux que ie rends heureux me blasment de ma
faute.
Les visages contents me semblent furieux,
Ceux qui baisent mes pas me font iniurieux.

PHILARQVE.

Dieux qui l'auroit pensé!

TIMOLEON.

Ma douleur se redouble,
Mon cœur fend de tristesse & ma raison se trouble.

SCENE DERNIERE.

TIMOLEON.

O Dieux! c'est trop souffrir, celle qui vient à
nous.
Trop sensible au trépas d'vn infidelle espoux.
M'accableroit de cris il faut que ie l'éuite,

Eschilise
arriue.

DEMARETTE.
Demeure, en ce logis on n'entre pas si viste.

Meschant cette maison n'est plus bonne pour toy,
Va, n'espere pas iamais de retraitte chez moy.

TIMOLEON.

Bien souffre qu'on t'afflige.

ESCHILLISE.

O deplorable mere!

Quoy pouuez vous souffrir ce meurtrier de soy
   mesme.
Sans mourir de le voir.

DEMARETTE.

Pour la derniere fois,

Ie supporte à regret & ses yeux & sa vois.
Ie me fay cette force au dessein legitime,
Que mes pleurs & mes cris luy reprochent son cri-
   me.

ESCHILLISE.

C'est peu pour les forfaits de ce monstre odieux,
De n'armer contre luy que la voix & les yeux.
Croyez-vous le toucher de plaintes & de larmes,
Afin de le punir il faut bien d'autres armes.
Il faut d'autre façon traicter cét inhumain,
Et vanger par les mains le crime de sa main.
Ayde-moy ma colere à perdre cét infame,
Et faisons qu'il succöbe aux efforts d'vne femme.
Redouble mon courage au fort de mon tourment,

Que ma rage l'immole à mon reſſentiment,
Traiſtre, il faut maintenant, ou mourir ou me
   rendre,
Ton frere & mon mary que la mort vient de prendre.

TIMOLEON.

O demande ſenſible!

MELINTE.

            Ha! Madame, ceſſez,
Ses propres deſplaiſirs le tourmentent aſſez.
Son crime eſt trop puny s'il a commis vn crime,
En ſouffrant du Tyran ce trépas legitime.
On a trahi celuy par qui furent trahis,
Sa foy, vous & ſon frere, & nous & ſon pays,
Qui m'a trop fait connoiſtre aux dépens de mes
   larmes,
Que par vn change iniuſte il meſpriſoit vos char-
   mes.
Et que ſon laſche cœur qui cauſe voſtre ennuy,
Se retiroit de vous, & n'eſtoit plus à luy.

ESCHILLISE.

Il m'eſtoit infidelle, ô Ciel tu m'as fait eſtre,
La femme d'vn perfide, & belle-ſœur d'vn trai-
   ſtre.
Mais le faſcheux remede où l'on t'a veu courir,

Tu me l'oſtois aſſez, ſans le faire mourir:
Pourquoy faut-il qu'vn frere à ce point m'ait tra-
   hie,
Bien qu'il aimaſt vne autre, & bien qu'il m'euſt
   haye.
Le temps, & la raiſon, le pouuoit ramener,
Mais il eſt ſous la tombe, il n'en peut retourner.
O perte irreparable! ô femme mal'heureuſe!
Temerité funeſte, iniuſte & furieuſe.
Effets deſordonnez de noſtre mauuais ſort,
Le change veut le change, & la mort veut la mort.
Ton infidelité ne m'auroit pas changée,
Ta perte cher mary ne ſera pas vangée
Et ton ſang & le mien forcez de le hair,
Se ſont vnis enſemble affin de nous trahir.
Où ſont ços gens de guerre, où ſont les domeſtiques,
Ces laſches ces flatteurs, & ces pertes publiques.
Les cauſes du mal'heur où ie tombe auiourd'huy,
Gloire, pompe, grandeurs, tout eſt mort auec luy.
Mais c'eſt toy ſeulement qu'on peut dire coupable,
Se ſont tes cruautez qui me font miſerable.
Par toy perit ſon frere, & c'eſt encor par toy,
Que le coup de ſa perte attaint iuſques à moy.
O foibleſſe de femme! importune à ma vie,
Ie la voudrois rauir à qui te l'a rauie,
Cher mary ta moitié ne te vangera pas,
Tu me fus infidelle, & moy ie ſuis tes pas,

Mais

Mais allõs-nous punir du deffaut de nos charmes,
Allons verſer du ſang, pour eſpargner des larmes;
Et ſur le triſte corps, d'vn mal'heureux eſpoux,
Expirer de douleur, de honte, & de courroux.

MENANDRE.

Que de mal'heurs ! en vn, que d'accidẽs tragiques!

DEMARETTE.

Vantè à preſent l'honneur de tes faits heroiques.
Par tes laſches complots ton frere eſt expiré,
Sa femme les va ſuiure, & moy ie les ſuiuray.
Va, tu n'es plus mon fils, mon courroux te deteſte,
Tu retranche mes iours mais pour ce qui m'en reſte
Ne m'aborde iamais, ou ie te fais ſçauoir,
Que ſi tu veux mourir tu dois me venir voir.

TIMOLEON.

Où ſera mon refuge, où ſera ma demeure,
Où faut-il que ie viue, ou pluſtoſt que ie meure.
Mon ſort eſt partagé pour en bien diſcourir,
Ie ne ſçache en quel lieu ny viure ny mourir.
Voy mon frere à quel dueil mon ame s'eſt offerte,
Quãd ie voudrois ſuruiure au mal'heur de ta perte,
Tous ceux qui t'ont aimé, tous ceux qui t'ont hay,
Ne ſçauroient me parler que de t'auoir trahy.

PHILARQVE·

Quoy? n'eſcouttez vous plus le deuoir qui s'eſcrie,
Qu'on doit ſuruiure aux ſiens pluſtoſt qu'à ſa patrie.

Et que d'iniustes pleurs dementent auiourd'huy
Ce que nous auons fait pour Corinthe & pour luy

TIMOLEON.

O Philarque ! adiouftez que ma trifteffe extréme
Dement ce que i'ay fait pour vous, & pour mo
  mefme.
Et que fi i'ay paru Citoyen genereux,
On me voit homme foible & frere mal'heureux.
Ie fçay que mon regret vous femble illegitime,
Et que mon defplaifir fait de ma gloire vn crime
L'excés de ma trifteffe offençant ma raifon,
Rend vn effect mauuais qui de foy-mefme eft bon
Mais n'ayant peu fouffrir qu'vn frere fuft perfide
Me dois ie pardonner, moy qui fuis homicide.
Et fi i'ay deu punir fon infidelité,
Dois-je laiffer mon crime auec impunité
Non, acheue remords dans ma douleur extréme
Vange vn frere trahy, vange moy de moy-mefme
Punis vne action fi pleine de fureur,
Que celuy qui l'a faicte en deu mourir d'horreur.
Ouy, le bras qu'il leuoit déuoit tomber de crainte,
Entreprendre fans force & manquer fon atteinte
Manifefter le crime & contre fon deffein,
Rebrouffer fon fer mefme en ton coupable fein.
Mais il ne l'a pas fait & ce cruel outrage;
A refpandu mon fang & m'a rempli de rage.
Ay-ie peu confentir à ce barbare effet,

Ie ne l'ay pas deu faire, & iene l'ay pas fait,
O discours superflux ! plaintes & larmes vaines,
Tardiue repentance aggrandissés mes peines,
Et vangez par ma perte, vn frere que ie perds,
Precipitez ma fuite aux plus sombres deserts,
Où personne iamais ne me force d'entendre,
Que i'ay trahy celuy que ie deuois deffendre.
Et que de dans mon ame vn eternel remords,
Vienne expier mon crime auecque mille morts.
Mais pourquoy me reduire à ce point de misere?
Suis-je bien asseuré d'auoir perdu mon frere.
Vn frere ne peut pas s'estre moqué de moy,
Vn veritable frere auroit gardé sa foy.
Il n'auroit pas tasché de me priuer de vie,
Ie n'eusse pas souffert qu'elle luy fut rauie.
L'amour de mon pays ne m'auroit pas armé,
Il m'eust aymé sans doubte, & ie l'aurois aymé.
Mais helas ! ie me trompe, vne mere esplorée,
Vne femme à mes yeux qui meurt desesperée,
Vn frere massacré par le complot des siens,
Sont les biens que ie gaigne en conseruant vos biẽs.
Peuple, c'est le bon-heur que ton bon-heur me liure
Tu dois viure content, ie dois cesser de viure.
Ton sang est asseuré, le mien est respandu;
Lors que tu gagnes tout, mon ame a tout perdu.
Aprés cét accident, il faut perdre l'enuie,
De traisner dans Corinthe, vne odieuse vie.

Ouy ; fuyons de ces lieux, pour moy seul desolez
Où iamais mes ennuis ne seront consolez,
Recherchons vne mort qui nous soit plus heureuse,
Et si la plus estrange, est la plus rigoureuse,
Allons dans les deserts, où seiourne l'effroy,
Mourir entre les dents, d'vn tel monstre que moy.
Dans les antres obscurs, des cauernes affreuses.
Allons nous exposer aux bestes furieuses;
Et rendons memorable aux siecles aduenir,
Vn acte de vertu, dont ie me vay punir.

MENANDRE.

Pour vn si grand courage il a trop de foiblesse.

PHILARQVE.

Ie ressents la moitié de l'ennuy qui le blesse.
Mais allons apres luy, qu'il n'execute pas,
Dans ce trouble d'esprit, sa fuite, ou son trépas,

MELINTE,

Non, les Dieux auront soin du plus iuste du mond
Par sa haute vaillance, en nos iours sans seconde.
De Corinthe, de Grece, & de tous les mortels,
Comme vn Dieu tutelaire il aura des Autels.

F I N.